freedom letters

№ 170

Freedom Letters
Петроград
2025

freedom
letters

Сайт издательства *freedomletters.org*
Телеграм-канал *freedomltrs*
Инстаграм *freedomletterspublishing*

Издатель Георгий Урушадзе
Технический директор Владимир Харитонов
Редактор Виталий Затуловский
Художник Денис Батуев
Корректор Юлия Гомулина

Владимир Сорокин. Сказка. Петроград : Freedom Letters, 2025.

ISBN 978-1-80665-017-0

Владимир Сорокин написал новую притчу — дикую, чарующую и безжалостную. В романе «Сказка» оживает мрачная постапокалиптическая Россия, где мусорные поля становятся территорией надежды, а путешествие по свалке — путём к сакральному преображению. Мир после катастрофы сказочно несуразен, но из его паноптикума прорастают вечные смыслы: смерть и возрождение, вера и отчаяние, тлен и новая утопия.

Сорокин проводит читателя сквозь очищающий абсурд: от ужасающей прозы тлена до проблесков благодати. «Сказка» — новый эпос о русском сознании: порочном и светлом, униженном и мечтающем. Автор вновь конструирует будущее как аллегорический кошмар, но и даёт читателю шанс — страшный, но единственно возможный.

Как же всё-таки хороши родные помойки весною!

Снег уже сошёл, небеса прояснились, солнечные лучи пригрели, проникли в складки и лакуны куч, изгнали зазимовавших крыс и лишнюю влагу, подсушили слегка то, что в руки ещё в прошлом году просилось. И сами помойки преобразились, посвежели, так как смыла весна с их лиц огромно-беспредельных не только зимнюю грязь, помёт птичий, но и шрамы ледяные-морозные вместе с неизбывной тоскою русских снежных полей.

Открыли они глаза свои.

И улыбнулись.

Улыбка помойки первомайская — совсем, совсем другая, нежели ноябрьская горькая усмешка, дымом, вонью да карканьем вороньим приправленная. В ней сейчас, в улыбке этой, — жизнь, движение, надежды, обещание преображения и находок новых, интересных.

Больше всего на свете любил Ваня путешествовать по помойкам весною. С родною палкой, уж третий год к руке привычной, да с котомкой, покойной мамой из лыка липового сплетённой. Котомка за спину сдвинута, ватник отцов полурасстёгнут, палка лицо помойки теребит, складки да морщины на этом лице раздвигает.

В каждый первый поход по помойкам Ваня по маминому завету сперва кланялся и произносил:

— Здравствуй!

И всегда подавали помойки весной больше всего, новое, отлежавшееся за зиму открывая. И благодарил Ваня их за щедрость мочой своей.

В этот день, первого мая, решил он совершить путешествие на самую дальнюю и самую большую помойку. Все звали её по-разному — кто Тёплой Заставой, кто Малакией, а кто — Свалкой. Ване имя Малакия приглянулось. Хотя мама ту помойку Супермаркетом звала.

Сидя утром в землянке, прихлёбывая чай липовый да жуя сухарь аржаной, в нём размоченный, решил он: «Нынче пойду на Малакию». Допил чай, заложил заслонку в печурке прогоравшей, надел ватник батин, солдатским ремнём перетянул, надел сапоги кирзовые, от Руськи несчастного оставшиеся, положил в котомку сухарей, морковку, луковку, кусок собачины вяленой, взял палку, всунул тесак в ножны и вылез из землянки на свет Божий.

Кругом дымили утренними дымами двадцать восемь землянок поселения деда Банятка. И только три не дымили: Руськина, деда Догона и Люшки-балагура. Первые — в земле, а Люшка с Соней на юга подались, к теплу. Уговаривали Ваню: айда с нами! Да он отказался. И тут хорошо да тепло. Да и негоже от землянки родной да от могилки маминой уходить за счастьем южным. Есть ли оно, счастье это, на юге — никто не знает...

Ваня на небо безоблачное глянул, солнышку подмигнул: погодка хороша! Значится — поворошим!

И на землянки дымящие сощурился. Красота! А главное — родное. Глаз радуется. Сюда они с мамой в войну пришли. Здесь он пацаном бегал, прыгал за хорьками, за ежами да ужами охотился, на речке пескарей плетухой ловил, здесь рос да мужал. Четырнадцать лет Ване в феврале исполнилось.

Утром все земляцы по землянкам своим сидят, завтракают чем Бог послал. Только Битка Лёшкина вышла на свой огородик посерить. Платье подхватила, жопу солнцу подставила, самокрутка — в зубах железных. А собачка их рядом вертится, чтобы сразу говны хозяйкины сожрать.

— Здорово, Битка! — Ваня крикнул.

— Здоров, Вань! — та полуобернулась, дело своё с кряхтеньем продолжая. — Куды намылился?

— На Малакию.

— Далёкое дело. Мово Стёпку не возьмёшь с собой?

— Не-а.

— Чаво так?

— Он за мной не поспеет.

— Ишь ты, скороход! Гляди башку не потеряй!

— А ты жопу не порви!

Засмеялась Битка, пердя и дымя, а Ваня с пригорка землянского спустился и бережком речки зашагал. Речка весной разлилась, пошире стала. В ней купаться хорошо. Не очень глубока она. Пескари и ёршики есть, а с крупной рыбой — засада: ловят, ловят верховьевские земляцы, ставят сетки и перемёты на большую рыбу, а к банятовским уже рыба помельче доплывает. Поэтому больших щук и сомов Ваня в речке редко видал. На помойках можно любую снасть найти, даже спиннинг или ружьё для подводной охоты. Но зачем понапрасну помойку ворошить, коли рыбы мало? А с удой на берегу сидеть — не для Вани. Скучно.

Возле гнилой ракиты, на берегу прилёгшей, надо на другой берег перебираться. Здесь сноровка нужна. Ну да Ваня парняга ловкий. Вместо мостка реку два ствола еловых перегораживают — один с этого берега повален, другой — с того. Макушки стволов на башню танка опираются, который совсем под водой. Танк этот, когда война шла, хотел речку вброд переехать да утонул. Люк в башне не открывается, как кто ни пытался. Заперт изнутри. В общем, танк под водой стоит, а макушки еловые на него опёрты.

Пошёл Ваня по стволу. Он почти весь под воду ушёл — весна, половодье. Дошёл до танка. И встал на башне. Вода — до половины голенища. На танке хорошо постоять, как-то это крепко и спокойно. Стоишь на середине речки, всё кругом видать — и землянки, и лес ближний и дальний, и обломки ЛЭП. И воронку. И всегда Ване здесь, на башне, про танкистов думалось, что в танке этом остались. Представлял он, как они внутри сидят. И молчат в воде. Сколько их? Трое? Или четверо? А может, они выплыть успели? Но почему тогда люк изнутри заперт? А в нижний люк уже не подлезть — в ил засосало. Может, они через нижний люк и выплыли? Чтобы их шрапнелью не поубивало? И проплыли под водой. Кто-то утонул, наверно. А кто-то и выплыл в камышах у берега.

Достал Ваня самокрутку, почиркал огнивом, запалил трут. Закурил.

И ступил на другую макушку еловую и стал качаться на ней, водой хлюпая.

Здорово на макушке покачаться!

Купаться ещё рановато, речка не согрелась. Хотя дед Баняток уже купается. И Андрюха Краснобогатырский — тоже. *Титановые* они, через две войны прошли, под ядрёхой побывали, сосали либлих, поэтому и холод нипочём.

Пробежался Ваня по второму стволу, спрыгнул на берег и зашагал от речки прочь, к дальнему лесу. А до леса — кладбище солдатское. Огромное-преогромное. Кресты деревянные торчат, прямо и косо, все в бурьяне и в деревцах молоденьких. И крестов этих — поле целое, до самого леса. Тысячи. Крестами топить печурку хорошо. Банятовские некоторые топят, и Ваня с мамой топили, да не натаскаешься через речку. Дрова обычно в ближнем лесу берут. Но кресты горят здорово, хоть и ломать их надо, крушить кувалдой. Ваня любил перекладины с крестов отдирать и охапками домой носить. Зимой крестами землянцы многие отапливались: кресты солдатские зимой всех обогреют. Сколько их с кладбища перетаскали, а конца нет — ещё тысячи в поле торчат.

Пошёл Ваня по тропке меж крестов. Тропка проторенная. Ходят по ней на две помойки ближние, что за лесом, — Мясную и Свадебку. На Мясной много консервов. Конечно, все уже бомбажные, вспухли от времени. Но если проварить хорошо — сойдут. Травятся ими, конечно. Ну так выбирать надо уметь, кумекать. Ваня хорошую консерву всегда выберет, не ошибётся.

А на Свадебке много всего белого — одежды, стульев, техники. Поэтому и прозвали её — Свадебкой. На Свадебке мама покойная нашла матрацы хорошие, белые. На одном из них Ваня спит до сих пор. А мамин он порезал да в печурке сжёг.

Всякий раз, когда Ваня меж крестов ходил, думал он про то, что землянки и могилы похожи очень. Только из могилы крест торчит, а из землянки — труба. Но в могилах мёртвые солдаты лежат, а в землянках — живые люди копошатся. Хотя если печурку не топить, то без дыма — очень похоже. Как бы перекладина с креста упала или стащил кто на дрова. Вот тебе и землянка.

Особенно — ночью, когда все спят. И ведь тоже лежат, как мертвецы.

Прошёл до середины кладбища Ваня и спугнул тетеревов. У них ток ещё не окончился, токуют так, что слышно и на речке. Жирные, крыльями сочно хлопают. Банятовские охотники плохие — некому да и нечем охотиться. Оружие есть, а патроны давно иссякли. А на помойках всё есть, кроме патронов. Ни разу Ваня их не находил. Так что нынче парни с луками да копьями в лес ходят. Ваня тоже ходил, но потом надоело — не больно меткий он стрелок. А вот кротов он горазд караулить — научился норы их разрывать и крюком железным из-под земли вытягивать.

Из шкурок кротиных мама себе шапку сшила. Теперь ту шапку Ваня сам зимой носит, хоть и велика она ему. Предлагал Юрка Карандаш ему за шапку мену — стальную палку для слепых. Ваня отказал. Стали у него пока хватает: два топора, лопата, лом, пика, два ножа, ложка, вилка, тесак. А мамина шапка зимой согреет.

Кладбище кончается, а за ним сразу лес стоит. Дальний. И лес этот особенный. Со стороны речки он — Дальний. А когда в него входишь, понимаешь, что он — Гнутый. Как говорят: где был? В Гнутом. И впрямь — гнутый. Все деревья — сосны, берёзы, ели — согнуты дугой до самой земли. А почему? Когда война шла, зимой на города ядрёху швыряли. Пыхало по небу, как северное сияние. Хорошо, что ближний город — тридцать две версты. Но и на речке всё тогда ходуном заходило, тряхнуло землянки круто. В декабре это было. Морозы сильные стояли. А после ядрёхи целый месяц дождь лил, хоть и мороз стоял. Вот деревья обледенели да и согнулись дугой. Многие поломались, попадали. А те, что остались, так навсегда и согнулись до земли.

Вошёл Ваня в лес Гнутый.

Идёт, палкой по макушкам деревьев постукивает. Деревья эти навсегда поклонились. В лесу этом поклонном тихо всегда — птиц нет. Видать, испугались они деревьев согнувшихся и лес этот навсегда покинули. Конечно, а где птице гнездо вить? В такой макушке приземистой? Так в гнездо сразу любой зверь морду сунет.

Лес версты четыре тянется. И весь — согнувшийся!

Прошёл Ваня через лес и вышел на поле, бурьяном заросшее. Ещё немного прошёл по полю — и вот она, Малакия, или Свалка. Огромадная помойка начинается в бурьяне и до самого горизонта уходит.

Поклонился Ваня Малакии великой и сказал:

— Здравствуй, Малакия! Подай то, чего ищу.

Ступил на помойку, штаны расстегнул и помочился. Затем самокрутку закурил и двинулся, палкой помойку вороша. Каждый раз, когда он так к помойке обращался, думал о том, чего бы найти хотелось. Разные это мечты были: дробовик с патронташем, арбалет со стрелами, ножи метательные, мотоцикл исправный и с бензином, ящик колбасы копчёной, мешок соли. Хотел бы и планшет с игрой интересной, но после ядрёхи все планшеты и айфоны простыми железками стали —

размагнитились. А за новыми надо далеко ехать, в те города, куда не прилетело. Да и где теперь эти города?

Костя однажды на Малакии исправный телескоп нашёл. Так и стоит над его землянкой.

Загадать-то многое можно.

Но, как правило, то, чего Ваня загадывал, — не находил. Загадывая, всегда он вещь ту представлял — и дробовик, и мотоцикл, и колбасу. А в этот раз, почему — не понятно, представил он драгоценный камень нефрит. Тот, что видел, когда маленький совсем был и они ещё в доме своём с мамой, папой и дедушкой жили. Был у мамы тогда браслет нефритовый с драконом. Это папа ей из Китая привёз. И этим браслетом Ваня маленький игрался, часто на ногу его надевал. А потом, когда война началась, папу дроном убило, дедушка куда-то пропал, дом их сгорел, и пошли они с мамой скитаться. В дороге мама тот браслет на полмешка гречки обменяла. Эту гречку они в дороге варили да ели.

Вот вдруг и вспомнил Ваня браслет, когда к Малакии обратился. А когда мочился, сам над собой рассмеялся:

— Нашёл чего просить, дурак! Кому нынче этот нефрит нужен…

Хотел другое загадать, но — поздно. Мысля — не воробей.

Малакия-Свалка — великая помойка. От её широты дух захватывает. Огляделся Ваня — никого, кроме него. Только чайки курлычат да вороны на них ругаются. Чайка у вороны всегда кусок стащит. Чайкам и коршуны нипочем, клювастые они. Настоящие хозяйки помоек.

Огромадна Малакия! Аж голова кружится. Хорошо. Но всякий народ по ней ходит. Двоих из банятовских тут зарезали, Ракитке почки отбили, двух баб изнасиловали, мать и дочь. За еду да за инструмент стальной люди нынче глотки друг дружке рвут. У Вани для обороны при себе всегда тесак хороший имеется.

Обожает Ваня помойки ворошить! Идёт неспешно, палкой своей орудует — то подцепит, то раздвинет, то проткнёт, то отшвырнёт. Такая работа — самая приятная. Да и не работа это, а кайф. Это вам не землянку рыть, не дрова колоть, не кресты через речку таскать, не лёд ломом прорубать. Ворошением Малакии целый день заниматься можно. Тут разные вещи валяются. Ещё довоенные. Одежда, бумага, пластик, стекло, мебель, железки разные. И еда. Попадались и странные вещи, которых Ваня не понимал. Один раз нашёл он чёрную плиту, толстую, тяжёлую, не поднимешь. Но не из железа она была, а из мягкого чёрного чего-то, хоть и тяжёлого. Плита ровная-ровная, без царапины. И на ощупь бархатная, приятная. Посмотрел Ваня в неё, в черноту эту, и себя стариком увидел. Страшно стало, убежал подальше от чёртовой плиты. Механизмы встречались разнообразные, некоторые двигались, от некоторых и уворачиваться приходилось. А другой раз осенью попалась ему баба. Думал сперва — живая. Лежит под тряпьём мокрым голая, спиной кверху. Потрогал Ваня спину — тело как тело. Перевернул бабу. Красивая. Ресницы большие открыла, на Ваню уставилась:

— Здравствуй.

— Здорово, — Ваня ответил.

— Как тебя звать?

— Ваня.

— А я — Лола. Возьми меня, Ваня.

И ноги развела. А между ног — пизда розовая. Понял Ваня — робот это для ёбли. Лежит, ляжки разведя, и на Ваню смотрит. Плюнул Ваня тогда роботу на живот и дальше по помойке пошёл. С живой пиздою у Вани дел пока не сложилось. Есть у них девка одна по прозвищу Сика Потная. Она парням за еду даёт. Ануфрий с Пашкой Мее подучили Ваню: пора и тебе ей вставить. Не то чтоб Ваня очень хотел, он и дрочил-то себе всего раза три, жизнь такая, что не до дрочки. Но — надо попробовать, коль все ребята делают. Принёс он Сике в её землянку ежа печёного. Глянула, понюхала, кусочек отщипнула, пожевала, на печурку положила. Потом юбку задрала, на лежанку повалилась:

— Давай, Ваня!

Короче, попыжился Ваня на Сике Потной, особого ничего не почувствовал. Дрочить и то интересней.

Вернулся в свою землянку: ежа печёного нет. И радости нет. И решил пока с девками завязать: один убыток.

А ещё попалось ему вот что: нашлись сотни маленьких баночек с мармеладом. Дед Андрей, когда увидал, сказал, что такие баночки в самолётах раньше раздавали к чаю. Да жаль, большая часть этих баночек — вдребезги оказалась. Осколки да джем вокруг. Взял Ваня кусок фанеры, стал липкие осколки разгребать, чтоб до цельных баночек добраться, копал-копал, цельные находил, в котомку совал. И не заметил, как по грудь в помойку ушёл. И откопал люк. Открыл, а там космонавт в скафандре. Мёртвый. У него самого, окромя перчаток, взять нечего было, но в кабинке той нашёл Ваня НЗ космонавтский: шоколад, сок в тюбике, вафли. И наелся тогда по-космонавт-ски. Да ещё полную котомку баночек с джемом домой притащил.

Двинул Ваня сразу в самый центр Малакии. По краям-то многие ходят, и старики ползают, и калеки, у которых ног нет. Всё уже там найдено-повыбрано. Город ядрёхой накрыло, так что на помойки никто ничего уже не возит. Но если покопать, если верх умело палкой сковырнуть — много нового найти можно. Ваня мастер по верхов сковыриванию. Идёт, самокрут-кой пыхтит, палкой орудует.

Но не успел он один пласт мусора поддеть и набок отвалить, как ударила из-под него вонища сильная. Падаль. Сразу Ваня понял. На помойке всё по-разному воняет. А падаль — только падалью. Глянул Ваня в дыру открывшуюся, а там черви кишат.

— Спи, гадость не моя! — проговорил он, как положено, и стал пласт на место задвигать, чтоб не воняло. Но вдруг раздался из падали голосок человеческий:

— Не бросай меня, Ваня.

Замер Ваня. Видит он только падаль гнилую, кишки да опары-шей, по ним ползающих.

— Кто ты? — Ваня спросил.

— Я сучий потрох.

Оторопел Ваня. С детства слыхал он ругательство это, но чтоб сучий потрох разговаривать мог — не знал. Стоит Ваня, палкой пласт поднявшийся удерживая. А голосок продолжает:

— Не дай мне на помойке сгнить. Я тебе за это великую службу сослужу.

— Какую?

— Будешь ты иметь всё, что захочешь. Всё, о чём мечтаешь, придёт к тебе.

У Вани от волнения горло пересохло. А сучий потрох говорит голоском своим:

— Сделай только так, как я попрошу. И всё сбудется.

Постоял Ваня, перевёл дух, губы облизал:

— Чего я делать должен?

— Сперва забери меня отсюда в свою котомку. И ступай к себе домой. Когда придёшь, станут тебя соседи-землянцы спрашивать: что нашёл? Всем честно скажи: нашёл сучий потрох. Они тебя на смех поднимут, но ты не бери это на сердце. То, что ты получишь, сделает тебя навсегда счастливым. И в землянке с ними ты больше жить не будешь. Как обсмеют они тебя, лезь в свою землянку, котомку со мной положи в изголовье лежанки своей. Должен на мне ты ночь переспать, как на подушке. А утром случится с тобой всё, что положено. Не удивляйся ничему, покорись судьбе. Потом я тебе подскажу, что делать.

Постоял Ваня, замерев. А потом вдруг всем существом своим почувствовал, что полностью поверил голоску этому. А сучий потрох тоже понял, что поверил Ваня, и говорит:

— Вот и хорошо. Бери же меня, Ваня. Бери голыми руками, вместе с опарышами, и клади в котомку.

Отвалил Ваня пласт слежавшегося мусора в сторону, на колени опустился, снял со спины котомку. Видит перед собой падаль гнилую. Вонь от неё идёт густая. Но поборол отвращение, запустил руки в сучий потрох и стал его в котомку перекладывать. Переложил. Занял сучий потрох полкотомки.

— Вот и славно, — из котомки послышалось. — Теперь домой ступай.

Повесил Ваня котомку на плечо и назад поворотил. Прошёл Гнутый лес, прошёл кладбище. Идёт, а сам думать пытается о случившемся. Но слова — как мухи: роятся, кружатся, а в мысль собраться не могут. Быстро ноги его и через речку перенесли, и по полю до земляного поселения довели. А там, как назло, земляне у своих землянок копошатся по делам разным. Завидели Ваню, стали спрашивать:

— Ванька, на Свалку ходил?

— Чего зацепилось, Вань?

— Как там? Ненашенских много?

— Покажи, чего нашёл!

Замерло у Вани сердце от стыда, но говорок сучьего потроха в ушах стоял, помнились все слова, весь наказ. Сжал он зубы, подошёл к землянцам. И объявил всем громко:

— Нашёл я сучий потрох.

Сперва рассмеялись, думали — шутка. Подошли, глянули. Заматерились, стали носы зажимать:

— Ёб твою!

— Охуел ты, Ванька?!

— Белены объелся?

— Глянь, кишки гнилые припёр!

— И с опарышами! Рехнулся!

— Совсем с крыши съехал?

Стоит Ваня молча, держит котомку. А землянцы пуще разошлись, ругаются, насмехаются, плюют в котомку. А Сика Потная Ване в ухо плюнула. Ваня тогда котомку опять на плечо повесил, повернулся и в свою землянку влез, а дверцу затворил.

Как забрался в землянку, сел к печке, задумался. Луч света через крошечное окошко прямо на котомку упал. А там — тухлятина, опарыши бессловесные шевелятся.

«А вдруг это всё обман? — Ване помыслилось. — И голоса никакого вовсе не было? А просто померещилось мне?»

Но что-то внутри Ване сказало: был, был голос.

— Был? — спросил Ваня у котомки.

Но сучий потрох молчал. И по этому молчанию Ваня точно понял: был!

«А ежели был, тогда всё надо сделать, как сучий потрох повелел».

Скинул Ваня с лежака подушку, сеном набитую, устроил вместо неё котомку с сучьим потрохом, положил на котомку голову и стал думать, чего бы себе попросить для счастья.

«Сбудется то, о чём мечтаю, он сказал. О чём я мечтаю? Чтобы... чтобы... чтобы было всё хорошо. Чтобы дрова были, еда была, одежда тёплая. И дураков вокруг поменьше. И чтоб никто никого не убивал».

С такими мыслями и заснул Ваня. А поутру проснулся от того, что грубо его толкнули. Открыл он глаза, а над ним деда Банятка волчье рыло:

— Вставай, падальщик. Разговор к тебе есть.

Поднялся Ваня, вылез из земли наружу. А вокруг все обитатели земляного поселения столпились. Стоят и молча на Ваню пялятся. И говорит Ване дед Баняток:

— Ты, парень, рассудком тронулся, с Малакии кишки гнилые в дом приволок. Что с тобой случилось — не моего ума дело. Только нам парней безумных не надо. У нас все в здравом уме, потому и живы до сих пор и дружны. Дураков терпим, а безумцев не держим. Так что забирай свою тухлятину и вали отсель. Чтоб духу твоего в нашем уюте больше не было!

И посохом своим по земле стукнул.

Понял всё Ваня, залез в землянку, взял котомку, взял палку, вылез и пошёл прочь. Засвистели ему вслед, как чужаку, заулюлюкали, а мальчишки стали камнями швыряться. Пошёл Ваня прочь от реки родной по полю, бурьяном поросшему. Навернулись у него слёзы на глаза: обидно! Никак семь лет прожил он в землянском поселении, родным домом оно стало. Маму вспомнил, как она умирала. Хотел уже разрыдаться в голос, но тут из котомки всё тот же голосок:

— Не плачь, Ваня. Всё с тобой хорошо будет, если сделаешь всё как надо. Ступай прямо, пока не дойдёшь до холма́ с рощей берёзовой.

Сразу слёзы у Вани просохли и зашагал он бодрей. Прошёл поле, пересёк овраг глубокий с костями человеческими, пошёл мелколесьем. Шёл, шёл и видит впереди — холм, берёзами поросший. Подошёл Ваня ближе, поднялся на тот холм, огляделся: красота! Роща берёзовая — загляденье. Стоят берёзки белоствольные, листвой молодой шелестят. И видать далёко с холма.

И говорит ему сучий потрох:

— Вырой, Ваня, промеж двух самых молодых берёз яму, положи меня туда, засыпь землёй и скажи: покойся с миром, сучий потрох.

Нашёл Ваня две самые молодые берёзки, вытянул тесак из ножен, выкопал им яму, положил в неё сучий потрох, засыпал землёй и произнёс:

— Покойся с миром, сучий потрох.

И встал над сучьего потроха могилкой. Стоит и стоит. А вокруг тишина, только берёзы шелестят.

«Чего дальше делать?» — Ваня подумал.

Опустился на колени, наклонился над могилкой и спросил:

— Сучий потрох, чего мне делать?

И ухо к земляному холмику приложил.

А из могилки послышалось:

— Ныряй в пень берёзовый.

Огляделся Ваня — не видать нигде пня. Только берёзы белоствольные кругом. Пошёл он по роще. Глядь, а на краю её — пень старый, мхом поросший. Подошёл к нему Ваня.

«Как же я в него нырну? Чай не омут, не речка...»

Глядит на пень. Тюкнул пень сапогом — пень как пень. Старый, широкий. Постоял, почесал в голове. А потом вдруг глаза зажмурил, подпрыгнул и в пень нырнул.

Открыл глаза Ваня. И видит, что он сидит в пещере. Огляделся: пещера не земляная, а сложена из кирпичей. И светится в ней всё светом бледным. Встал Ваня, смотрит: нет в пещере ни двери, ни окон. Подошёл он к стене. И понял, что не кирпичи это, а книги. Множество книг, из них стены, пол и потолок сложены. А по корешкам книг ползают мотыльки с жопками светящимися. От них и свет. Все книги старые, названия на корешках полустёрты.

Вдруг заметил Ваня, что у стены лежит что-то. Наклонился и видит: ларец. Весь книжной пылью покрытый. Тронул его Ваня рукой — пыль в палец толщиной. Смахнул Ваня её с крышки, а под пылью камень зелёный засверкал. И камень этот Ваня сразу узнал. Нефрит! Как в браслете мамином. У Вани аж дух перехватило. Великое богатство! Обтёр он ларец от пыли. Красивый ларец, удивительный, весь резной, на маленький дворец похожий. Крышка на золотую петлю заперта. Сдвинул Ваня ту петлю и открыл крышку ларца.

А из ларца вдруг такое полезло, что Ваня с испуга навзничь повалился. Вылезло тулово человеческое, а на тулове — три головы бородатые. Одна — седая, с бровями седыми, бородою белой, другая — плешивая, с бородой не седой, а третья в пенсне, с бородёнкой жиденькой. Вперили эти трое в Ваню глаза свои и произнесли громко, одновременно:

— Здравствуй, Иван, вдовий сын!

Закрыл Ваня от ужаса лицо руками да и описался. А над ним трёхголосно раздалось:

— Не бойся, Иван! Мы тебе плохого не сделаем.

Глянул Ваня: над ним три головы. И улыбаются. Седая— по-доброму, плешивая — злобно, а та, что в пенсне — с усмешкой.

— Вставай, Иван!

Приподнялся Ваня с пола, встал. Колени дрожат, между ног — мокро.

А троица бородатая продолжает:

— Мы, Ваня, трое классиков из ларца. Я Лев, я Фёдор, я Антон. За то, что ты похоронил ругательство человеческое, исполним мы три твоих заветных желания. Загадывай!

И смотрят на него. А Ваня от всего происходящего так обалдел, что в голове ни одной мысли не осталось. Чувствует, в горле у него пересохло. И говорит:

— Пить хочу.

— Быть по-твоему! — троица отвечает.

Хлопнуло-дунуло: и перед Ваней стол с напитками: кувшины с квасом, морсом и лимонадом. Выпил Ваня залпом по стакану всего. И сразу на душе ему спокойней как-то стало. Рыгнул он, отёр рот: славно! Давно такого не пил. Смотрит на троицу бородатую. А они торопят:

— Говори, Иван, второе желание!

После напитков Ване есть сильно захотелось. Он ведь спать-то натощак улёгся.

— Есть хочу.

— Быть по-твоему!

Хлопнуло-дунуло: со стола напитки пропали, а вместо них — курица жареная, ребрышки свиные, картошка фри, кетчуп, майонез, хлеб белый. И от еды тёплой дух такой идёт, что голова кружится. Такую еду он только в родительском доме ел, когда ещё и папа жив был. Стал Ваня есть, да так, что за ушами затрещало. Наелся от пуза, еле на ногах стоит.

А троица бородатая вещает:

— У тебя, Иван, последнее желание осталось.

А Ваня и языком ворочать не может, так напился и наелся.

Говорит Антон бородатый в пенсне:

— Естественно, человек без пищи существовать не может.

Фёдор плешивый продолжает:

— Без сна же он просто издохнет, как собака.

А седобородый и белобровый Лев:

— Дневной сон — золото. Тебе, Ваня, теперь отоспаться надобно. Когда отоспишься — назовёшь своё третье желание.

Хлопнуло-дунуло — и вместо стола перед Ваней кровать возникла. Белая, чистая, с подушкой большой, пухлой. Повалился Ваня, не раздеваясь, на ту кровать и сразу заснул.

Проснулся Ваня, разлепил глаза. А перед ним снова троица бородатая.

— Вот и отоспался славно, сил набрался да и усталость ушла, — белобородый дед говорит.

— Порядочно, порядочно продрыхнул! — плешивый подсмеивается.

— Если человек недосыпает, он способен и младенца задушить, — тот, что в пенсне, улыбается.

Вспомнил Ваня всё, что с ним приключилось. Вспомнились и имена троих из ларца: Лев, Фёдор и Антон.

— Называй, Ваня, твоё третье желание, — Лев ему говорит.

— Но помни, что оно последнее, — Фёдор добавляет.

— И четвёртому не бывать! — Антон улыбается.

Встал Ваня с кровати, с мыслями собрался. Думал сперва про самолёт, чтобы на нём в тёплые страны улететь, потом про корабль, чтобы на нём в Америку богатую уплыть. Думал, думал. И вдруг выпалил неожиданное и для себя самого:

— Хочу, чтобы я жил с мамой и папой в нашем доме, и чтоб всё было хорошо, чтоб с нами были дедушка, такса Випка и кошка Нюля.

Троица сразу улыбаться перестала.

Помолчали они. И Лев говорит:

— Желание твоё, Ваня, велико.

Фёдор продолжает:

— Дом ваш построить — дело плёвое. А вот родителей, дедушку и животных ваших оживить — это только святым угодникам под силу. А мы, Ваня, далеко не святые.

Антон кивает серьёзно:

— Пойми, Иван, мы только с реальностью дело имеем. Мертвецов оживлять — не наша прерогатива. Но мы можем тебе помочь их самому с того света элиминировать.

Лев Антону вторит:

— Дело это огромное. Но ежели ты всем сердцем своим захотел, а мы тебе в этом помогать решили — всё возможно. Но всё теперь только от тебя зависеть будет.

Ваня молчит, от своего желания и от слов классиков оторопев. Но как представил он, что папа с мамой снова живыми будут, так сердце у него забилось и всё в нём затрепетало.

«Папа! Мама! Дедуля! Живые!»

— Да, живые, живые, — Лев бородой своей покачивает. — Человек всегда жив добром своим и добротою других людей.

— И страстями, — Фёдор добавляет. — Ты страстно хочешь оживить родных. Это тебе дороже всех самолётов, кораблей и Америк.

— А покуда живы в человеке страсти и желания — он на большие дела способен, — Антон сквозь пенсне щурится.

И продолжают они:

— Великое дело тебе предстоит, Ваня.

— А где труд великий, там и великие страдания.

— Но если есть цель — есть и смысл жизни.

— Пройди сложный путь ради того, чтобы люди родные ожили.

— Не бойся зла, ибо оно перед добром отступает.

— И хоть человек не рождён для счастья, как птица для полёта, но он должен попробовать быть счастливым!

— И быть добрым.

— И справедливым.

— И сострадательным.

Слушает Ваня их речи, а сам про маму и папу думает. Да и не думает, а просто — видит их перед глазами. Мама на кухне пироги печёт в своём фартуке красном и напевает: «проснулась ночью девочка...», а отец с бутылкой пива на диване сидит и футбол смотрит. А Ваня — рядом с папой на диване, на своём планшете играет в booty-top. Рядом с Ваней и такса Випка приткнулась, тёплая, шелковистая, родная. Кошка Нюля на шкафу улеглась. А дедуля в саду с соседом в домино режется. И картинка вся эта такая ясная, такая хорошая и такие запахи родимые, домашние всплыли сразу, что дух перехватило.

И можно всё это вернуть?!

«Неужели?!»

— Можно, Ваня, ежели очень захотеть, — Лев бородой трясёт.

— Можно, коли крепко пострадать, — Фёдор лоб большой морщит.

— Можно, если хватит терпения, — Антон пенсне своим поблескивает.

— Можно... — как заклинание Ваня произносит.

А Лев продолжает:

— Ты, Ваня, пройдёшь три поприща. Каждый из нас тебе своё поприще назначит. И каждое из них будет длиться столько, сколько надо: может, день, может, месяц, а может, и годы. Трудно тебе будет, тяжко, а иногда и просто невыносимо. Но, как говорится, — взял ношу — неси, терпи, стони, а не бросай. Ты своим желанием увесистую ношу поднял. Но и чудесную — родных оживить. Коли взял груз такой, приподнял желанием своим, так и неси. А коли бросишь — всё пропало. Итак, назначаю я тебе первое поприще. Ступай же, Иван, путём своим.

И дунул Лев белобородый на Ваню со всей своей силою.

Худая, босоногая, всегда бедно и неряшливо одетая, с длинными, изуродованными крестьянской работой руками девка Матрёна, с раннего утра и до поздней ночи прислуживающая кабатчику Варину по дому и на скотном дворе, но в этот душный и жаркий послеобеденный час, когда у Вариных все повально спали, сидящая на жердине скотного, болтающая своими пыльными, мосластыми босыми ногами и лузгающая семечки, первой увидала двух нищих, направляющихся в их село Манино со стороны Староникольского по широкому, пыльному и ухабистому большаку.

Нищих было двое — подросток, везущий тележку на колёсах, и лежащий в этой тележке мужчина без рук и ног. Подросток, одетый по-городскому, но бедно, в коленкоровом картузе, был запряжён в подобие хомута и тащил его своим юным гибким телом; от хомута к тележке шли две сыромятные постромки и тянули её по пыльным ухабам.

Конец августа в Манино выдался особенно жарким и сухим. Сено давно прибрали, хлеба скосили и неспешно молотили в ригах и на гумнах, так что мякина, смешиваясь с дорожной пылью, летала по селу; старики дремали на завалинках, мужики, за день намахавшись цепами, вечерами ходили друг к другу в гости да пьянствовали в кабаке. Бабы занимались своими домашними делами.

Когда нищие со своей тележкой поравнялись с Матрёной, она, до этого наблюдавшая их с привычным деревенским равнодушием, разглядела лежащего в тележке калеку, выплюнула семечку и замерла. За свою пятнадцатилетнюю жизнь она успела уже повидать разных калек-нищих — в своём селе и на ярмарке в Староникольском. Но человека без четырёх конечностей увидала впервые.

«Надо же...» — удивилась она и, спрыгнув с жердины, пошла поодаль этих двоих.

Тянущий тележку парень заметил её краем глаза, но, не взглянув на неё, продолжал своё движение. По нему было видно, что он уже изрядно тащит эту тележку, вероятно, с самого Староникольского, и порядочно устал. Матрёна пропустила их слегка вперёд и пошла за ними по большаку, погружая ступни в мягкую, нагретую солнцем пыль.

«За что ж Господь так его наказал? — думала она, заглядывая в тележку. — Может, за непочтение к родителям?»

Ей вспомнились слова бабки о тяжком грехе родительского непочитания и побои матери.

«А может, родители его так Бога прогневили, что вот он за них и поплатился. Уродился, чай, таким? Или где сам потерял? На железной дороге, чай».

Железная дорога и огромный, чёрный, страшно громкий паровоз вызывали у Матрёны ужас. Три раза девочкой она видела паровоз в Староникольском и каждый раз пряталась от него у матери под подолом. Кроме Староникольского и Парытина, Матрёна ещё нигде не была.

«А может, где-то и в городе, — решила она, рассмотрев городскую, обтёрханную одежду парня и его картуз. — Там тоже страшные машины работают, дядя Матвей рассказывал, мнут да режут железо, как тесто. Вот и ноги-руки отхватили...»

Парень, тянущий тележку с обречённостью осла, вдруг остановился и обернулся к Матрёне своим сильно загорелым, скуластым лицом. Она тоже остановилась.

— Это Манино? — спросил парень хрипло.

— Манино, а как.

Он облизал потрескавшиеся губы, снял картуз, отёр вспотевший лоб.

— Где б нам воды напиться?

«Ступай до колодца», — хотела было сказать Матрёна и привычно махнуть рукой вперёд, но передумала.

— Пошлитя со мной, я вам вынесу.

Ей стало жалко этих двух, уставшего и калеку. Парень снова потянул постромки. Тот, что лежал в тележке, был лысоватым сорокалетним мужиком калужской деревни Хлопонино Фролом Лоскутовым. До остановки и разговора парня с Матрёной он лежал на спине, прикрыв лицо картузом, а сейчас сдвинул картуз с такого же, как у парня, сильно загорелого, словно печёного лица и равнодушно уставился на Матрёну маленькими голубенькими глазками. Безруким и безногим родила его мать от сильно пьющего и рано умершего отца, которого Фрол видел только младенцем. Мать ходила за Фролушкой, как могла, брала на покос и на полевые работы, где и суждено ей было погибнуть от удара ретивого жеребца. Тётка взяла калеку в свою большую семью, но муж её, жестокий и жадный, однажды продал шестилетнего Фрола проходящим через деревню побирушкам. С тех пор Фрола возили. Бедные, обнищавшие люди использовали его, чтобы у других людей замерли сердца при виде такого калеки и они подали бы еды или медяков. Кто только не возил Фролушку, не носил за спиной, с кем только не довелось ему мотаться по русским дорогам в тележке, телеге, в рыдване, в кибитке, на возах и в обозах, — нищие, циркачи, цыгане, сектанты, беглые воры — все они использовали его тело, таскали, волокли, сажали, кормили, поили, выносили по нужде, мыли в банях, где так же просили подать милостыню других мужиков, парящихся вениками и моющихся своими здоровыми руками. За тридцать четыре года своей кочевой жизни Лоскутов трижды тонул, дважды был вынесен из горящих избы и бани, многажды бывал бит, покусан собаками, голоден и так же многажды — пьян. Много раз его раздевали и укладывали на пьяных женщин, с которыми он ради их прихоти совершал то, что совершают здоровые мужчины. Много раз его обсмеивали, унижали, обзывали бранными словами, обливали помоями, мочой, а пару раз и кипятком. Ни разу не прожил он на одном месте больше недели.

С Иваном судьба свела Фрола на второй день Пасхи под Медынью, где в одном селе очередных хозяев его тела сильно побили за кражу, а его самого швырнули в коляску и со злобным хохотом пустили под гору; он вылетел из коляски и сильно ударился грудью оземь. Там, в крапиве, стонущего и обмаравшегося, нашёл его Иван. Ничего не говоря, он погрузил Фрола в коляску, отвёз на речку, раздел, обмыл, снова одел и повёз по дорогам. Уже опытный, битый жизнью своей Лоскутов не спросил Ивана, почему и за что тот так добр к нему. А Иван и сам ничего не говорил, не рассказывал о себе. «Доброго парня Господь послал, — думал калека. — А что и зачем — не твово ума дела, Фрол».

Так они стали ездить вдвоём. Но не только вдвоём.

Сзади коляски был приторочен немудрёный скарб побирушек — свёрнутая и перетянутая верёвкой зимняя одежда, дощечка с колёсиками, котелок да объёмистая фляжка, сейчас совсем пустая. Коляска поравнялась с кабаком.

— Здеся подождитя, — сказала Матрёна и на своих мосластых худых ногах угловато взбежала на крыльцо, вошла и затем быстро вышла с ковшом воды.

Неся его, чтобы не расплескать, она смешно раскорячивала ступни и сгорбилась, как старуха.

— Пейтя! — она протянула Ивану ковш.

Приняв его обеими руками, тот наклонился к калеке, а Фрол, ловко извернувшись своим телом, как тюлень, приподнялся в тележке и жадно припал к ковшу маленькими, как и его глаза, губами. Калека пил жадно, раздувая узкие ноздри и дрожа животом, как лошадь. В этот момент в котелке кто-то завозился и из него высунулась сорока.

— Здрррррасьте! — каркнула сорока.

— Ох! — воскликнула Матрёна, раскрыла рот и засмеялась, обнажив неровные большие зубы.

Сорока вылезла из котелка, перепрыгнула в коляску, прошла по телу пьющего и клюнула низ ковша. Матрёна заметила, что у сороки одно крыло. Калека оторвался от ковша на тяжком выдохе, словно напахался, и довольно захлопал своими глазками, заулыбался Матрёне:

— Благодарствуй, дочка.

Парень чуть опустил ковш, сорока сунула в него свой чёрный клюв и стала пить, запрокидывая голову после каждого глотка.

— Эт что ж… сорока у вас? — спросила Матрёна. — Пошто?

— Сорока, — ответил калека. — Подружка наша.

Его голос был довольно сильный, как бы всегда извиняющийся, но при этом спокойный, уверенный в чём-то основательном и неколебимом.

— Сорока! — скалясь в улыбке, качала головой Матрёна. — И говорит?

— Говорит.

— И с вами, поди, из одной чашки ест?

— А как же! — продолжил калека. — Подружка, чай. Помогает нам копеечки добывать.

— Это как?

— А приходи на наше представленьице, увидишь как. Она тебе всё расскажет.

Парень подождал, пока сорока напьётся, затем допил воду, вытряхнул капли из ковша на руку, снял картуз и увлажнил свой затылок.

— Это кого ты тут поишь, лярва? — раздалось недовольно из окошка кабака.

Все, кроме сороки, повернулись на голос. В распахнутом окошке, раздвигая марлю от мух, просунулось широкое бородатое и всегда красное лицо владельца кабака Гаврилы Варина.

— Тута вон они... — показала длинной рукой на тележку Матрёна. — Калека, Гаврил Макеич.

— Какой ышо калека? — прищурил и без того заплывшие глаза кабатчик.

— Да вот... он это... как бы совсем без всего.

— Чиво? Тебе что сказано было?

— Так я всё исделала, Гаврил Макеич, а вы почивали, так и приказу больше никаких не исделали, а они вон без рук-ног, а пить Христа ради попросилися! — громко, как бы для всех, не только для одного кабатчика, заговорила Матрёна.

Варин глянул недовольно, исчез за марлей, а потом возник на крыльце. Это был грузный, пузатый, жадный, злобный и развратный человек, укрепившийся и поднявшийся за счёт тяги крестьян к водке и делающий всё, чтобы тяга эта, как ядовитое растение, росла и крепла с каждым днём. Одну жену он вогнал в гроб побоями и злобой, когда ещё был обыкновенным деревенским кулаком, вторая жила с ним всего полгода, но уже дважды сбегала от него к своим родителям в Восково; батраков он угнетал и гнобил, скотницу Марьяну обрюхатил и прогнал, с двумя другими прислужницами жил, как с наложницами; он хотел было изнасиловать и Матрёну, но определил её «лярвой малохольной» и, на её счастье, отстал, зато драл за волосы и давал тумаки часто.

«Вот их, сволочей, как надо!» — говорил он жене за чаем, сжимая пухлый кулак и кивая на прислугу, и веря искренне, всем своим грузным, сальным телом и мутной душой, что его жизнь устроена правильно, основательно и так у него будет до самой смерти.

Разглядев с крыльца необычную пару нищих с коляской и сорокой, он неспешно спустился с крыльца и, косолапя ноги в начищенных хромовых, подкованных медью сапогах, подошёл. Вид человеческого обрубка с плешиватой головой заставил его мрачно усмехнуться. Сорока сидела на животе калеки и поглядывала на всех.

— И чего вам тут надобно? — лениво спросил Варин, доставая из кармана жилетки кожаную папиросницу и закуривая папиросу.

— Мы, мил человек, просим Христа ради, а за енто представленьице показываем.

— Какое представленьице?

— А весёлое! — улыбался Фрол. — Развеселим, споём и спляшем.

— Особливо ты! — ухнул животом кабатчик, пуская дым.

— Я те точно не спляшу, Господь ног не придал, — с той же улыбкой отвечал Фрол спокойно. — А вот она — спляшет, споёт да и всё расскажет так, что удивишься порядочно! Сорока, тебя как звать-величать?

— Я соррррррока-белобока! — проговорила сорока скрипучим голоском.

— А куды мы с тобой едем?

— Едем мы на кудыкину горрррру! — раздался скрипучий ответ.

— Ах ты, зараза! — зло усмехнулся кабатчик. — Говорит?

— Говорит. И поёт. А мы с Веняткой подпоём. Народу ндравится.

И подмигнул кабатчику. Варин хотел было послать этих нищих с их сорокой куда подальше, но, всегда думая о выгоде, вспомнил, что балалаечник Савоська от него сбежал к себе в Портохино, а местный Ванька как играл на великом инструменте прескверно, так и продолжает, сколько ему водки ни наливай. Народ в кабаке веселить больше некому, а сами крестьяне веселятся только на свадьбах и праздниках.

«Без песельников да балалайки наши хреновья быстро напиваются да под стол валятся. Даже не поют. Таких токмо прочь волочить, чертей. Доходу нет. А на балалайку валят табуном, слушают, пляшут да пьют не сразу всё, не развозит их, дураков, ещё и ещё заказывают...»

Угрюмые мысли шевелились в его круглой голове, крепко сидящей на широкой, бычьей шее.

«А пущай енти у меня представленьице устроят. Не понравятся — вышибу к чертям. А получится — заработаю».

— Представленьице, говоришь? — пробормотал он. — Валяй. Делай у меня в заведении представленьице сегодня.

— Исделаем как надобно! — быстро поклонился головой калека, не расплёскивая своё спокойствие. — Благодарствуйте!

— Благодаррррррствуйте! — проскрипела сорока.

Варин велел Матрёне отвести нищих в старый сенник и дать им поесть.

Вечером, на закате в кабаке собрались человек тридцать манинских мужиков. Варин, после того как определил нищих у себя, послал полового пойти по избам и приглашать мужиков на «представленьице». В длинной кабацкой избе все они расселись по лавкам за столами, привычно заказали себе водки, а кто и закуску — сало, ветчину и вяленую рыбу, и задымили самокрутками. Посередине столы раздвинули, освободив место. Туда Иван и прикатил на дощечке с тремя колёсиками тело Фрола. Появление человеческого обрубка, застёгнутого в засаленную холстину, снизу подшитую обшарпанной кожей, вызвало у собравшихся крестьян брезгливое любопытство.

— Ишь, невалид, — произнёс один из них.

— Где ж его так? — обмолвился другой и присвистнул.

— Макеич, енто он, штоль, представлять будет? — громко воскликнул третий, и собравшиеся засмеялись.

А калека вдруг напружинился всем своим телом и не упал, а именно спрыгнул с дощечки на пол и, лёжа на животе, задвигался по исшарканному полу, словно гусеница, поднял голову и запел:

> Родила мине маманя без рук да без ног,
> Знать, увечным да калечным угораздил мине Бог,
> А папаня мой от водки помре,
> Стало бедно да няловко на нашем дворе,
> Всё маманя на себе выносила,
> Да мине на покос за спиной носила,
> Раз пахали они с дядькою делянку весною,
> Положила мине мама на полянку под сосною,
> А на жеребца строка тогда напала,
> И жестоко его в шею покусала,
> И лягнул он маманю прямо в лоб да и вышиб дух,
> И остался сиротой я, как в канаве лопух,
> А дядька был плохим человеком,
> Не хотел он жить, чтоб так вот быть с калеком,
> Да и продал мине цыганам
> За бутылочку да со стаканом.

Фрол перестал петь и запо́лзал по полу быстрее. Он ползал на спине, на боку, на животе, при этом держа прямо свою плешивую голову и улыбаясь. Это был танец калеки. Мужики, кабатчик, его жена и двое половых уставились на Фрола, как на диковинное животное. Он же, перевернувшись на спину, запел громче, подняв к потолку свои маленькие глазки:

> Так по миру по Божьему я мотался,
> Как щепа по реченьке я плескался,
> Да Господь мине Ванечку послал,
> Он моим возильщиком стал.
> С Ваней прёмся-трёмся мы по свету, аки птички,

Да Христа ради просим хлебца да водички.

Он снова сделал паузу и быстро задвигался по полу в своём «танце». Со зрителей сошла первая оторопь, некоторые стали негромко пересмеиваться. Выпитая водка помогла им привыкнуть к такому чудовищному и демонстративному убожеству, которое не каждый день увидишь. Но в своей крестьянской жизни они повидали разное убожество и сами жили в нём с детства.

— Но не всё ж нам так вдвоём елозить-куковать! — воскликнул Фрол, вдруг замерев. — Бог послал нам третьего, штоб не заскучать!

Стоящий у печки Ваня вытащил из-за пазухи сороку, посадил на ладонь и показал собравшимся. Сорока сидела молча, присев на лапках и косясь по сторонам чёрными бусинами глаз. А калека продолжил:

Вёз по лесу мине Ваня одновы,
Да заслышали мы писк из травы,
Глядь, под кустиком сорочонок,
Скачет, пищит, аки малый ребёнок.
Сам без крыла одного,
Знать, обидел коршун его
Аль лисица крыло отъела,
Плохое, плохое дело;
Да и мамки-сороки что-то не видно,
Взяли его к себе, штоб ему не было обидно.
Кормил его Ваня червями,
Поил водичкой речною,
С тех пор сорочонок с нами.
Вырос сам в умную сороку,
Которая ведает, что и как, и какого сроку,
Знает сорока наша всё на свете.
Оченно любят её мужики, бабы да дети.

— А ну-ка скажи, сорока, как звать тебя? — громко проговорил высоким, ломающимся голосом Ваня.

— Я соррррррока-белобока! Здрррасьте! — проскрипела сорока, слегка открывая клюв.

Народ в кабаке одобрительно засмеялся, зацокал языками, замотал головами: «Ишь ты!»

— А куды мы с тобой идём?

— На кудыкину горрррру! Здррррасьте!

Сидящие засмеялись громче. Сорока затрещала.

— А чего ты, сорока, любишь?

— Песни игрррать! Песни игрррать! Песни игррать! Здрррасьте!

— Вот это по-нашенски! — раздалось в избе, и крестьяне захлопали, застучали по столам.

— Спой-ка, сорока, для честного народца! — приказал калека.

Ваня слегка подбросил сороку, и она, взмахнув одним крылом, перепрыгнула с ладони на живот Фрола, встряхнулась, прошлась по Фроловой груди, перескочила ему на голову и быстро затрещала:

— Ай ты, сукин сын, камаррринский мужик задрррал ножки да по уррррице бежит!

Мужики загоготали. С них окончательно сошла оторопь и неприязнь к калеке, они почувствовали калеку, парня и эту однокрылую птицу своими, из такого же понятного всем им мира. Многие вспомнили говорящих воронов на ярмарках и вожаков с замученными ручными медведями, изображающими людей и начальство. Раздались одобрительные выкрики:

— Во белобока, молодец!

— Научили, стало, птичку!

— Камаринский!

Сорока, сидя на голове калеки снова протрещала куплет, потом ещё и ещё раз.

Ваня поднял вверх палец. Народ стих.

Калека, ёрзая телом, ещё выше задрал свою голову с сидящей на ней сорокой и грозно и громко спросил:

— Сорока, а ты кто?

Сорока покосилась по сторонам, сверкая глазами, и протрещала:

— Я царрррррррррь!

Мужики загоготали и зашлись в хохоте. Они веселились, глядя на чёрно-белую птицу, восседающую на плешивой голове калеки, хохотали, раскачиваясь на лавках, толкая друг друга и хлопая грубыми, тёмными, натруженными от крестьянской работы ладонями. Кабатчик тоже рассмеялся своим презрительным смешком и взглянул на жену, которая была недовольна его решением приютить нищебродов. Сидя неподалёку от мужа, она, красивая женщина с крепким телом и волевым чернобровым лицом, тоже рассмеялась и встретилась взглядом пристальных, как бы вечно что-то недовольно ищущих глаз с мужем. «Вот так-то!» — говорил заплывший взгляд мужа, и она со вздохом отвела свои красивые глаза, дав мужу понять, что он оказался прав.

Представленьице нищих удалось.

За вечер сорока раз тридцать протрещала про камаринского мужика, раз двадцать становилась царём и всем непрерывно желала здравствовать. Фрол, «потанцевав» немного на полу, был усажен за стол, и ему мужики подносили выпить, а Ваня совал ему в рот куски хлеба, сала и селёдки. Фрол был доволен, что толстый кабатчик пригласил их, не то пришлось бы выступать на майдане, а потом, как всегда, проситься к кому-нибудь на ночлег. А кабатчик был доволен, что мужики, пялясь на калеку и сороку, выпили водки больше обычного. «Без заманки нынче прибытку не бывает, — думал он и со злобным пьяным раздражением вспоминал сбежавшего балалаечника. — Коль встречу дурака на ярмонке, разобью балалайку о его башку».

У Варина в старом сеннике было просторно, остатки старого сена лежали в углу, на них нищие и расположились. Фрол, напившись за вечер водки и хорошенько закусив, сразу заснул, привычно захрапев. Рядом с ним, как всегда в котелке, устроилась на ночь однокрылая сорока. А Ваня, свернув себе самокрутку, вышел из сарая на скотный двор и закурил.

Стояла тёплая ночь, звёзды сияли на небе, луна светила, пахло исходом лета, деревней и всё той же мякиной. Пыхтя самокруткой, Ваня двинулся по скотному. Тот был достаточно большим; деревянные постройки, облитые лунным светом, тянулись к кабаку и прилепившемуся к нему дому кабатчика. Собачья будка пустовала: Варин недавно пристрелил пса, вдруг его облаявшего, а нового ещё не завёл. Едва Ваня поравнялся с будкой, как с чёрного крыльца дома бесшумно сбежала женская фигура в белом. Ваня был в тени и сразу остановился. Он узнал жену кабатчика Полину. Освещённая луной, в ночной сорочке, с распущенными волосами, босая, она быстро и так же бесшумно пробежала по скотному к новому сеннику и исчезла в его слегка приотворённых воротах. Ваня остановился. Вдруг кто-то взял его за колено. Ваня опустил глаза и увидел женскую руку, высунувшуюся из собачьей будки. Он оторопел. Из будки высунулась и девичья голова. Ваня тут же узнал Матрёну. Держа одной рукой Ваню за колено, палец другой она приложила к своим губам. Это было так неожиданно и необычно, что Ваня подумал, что спит. Он стоял, глядя на девку. Матрёна тем временем осторожно вылезла из будки, встала перед ним и приложила свой палец уже к его губам, в уголке которых торчала самокрутка. Затем взяла его за руку и потянула в сторону. Он повиновался. Они зашли за дровяную кладню с навесом и остановились.

— Не шуми, не то прослышат, — шепнула Матрёна и вдруг попросила совсем неожиданное: — Дашь покурить?

И сама вытянула самокрутку из Ваниных губ, затянулась и выпустила дым в сторону. Оказавшись в полосе лунного света, дым заклубился и высветился. Матрёна снова затянулась.

— А чего ты... в будке этой? — произнёс Ваня.

— Третью ночь тута прячусь.

— Зачем?

— Подслушать, как Полинка с хахелем своим милуется. Ох, люблю покурить-то... благодарствуй...

Ваня молча смотрел на Матрёну. Всё действительно было похоже на сон. И лицо её в тени навеса было совсем другим, взрослым, осмысленным и даже привлекательным. Матрёна, докурив самокрутку, кинула её на землю и наступила своей босой ступнёй.

— Хочешь послухать, как они милуются?

— Ну... — замялся Ваня.

— Пошли, — она схватила его за руку и повела за сенник.

— Токмо тихо! — шепнула она ему в самое ухо.

Они встали за дощатой стеной сарая. Оттуда, сквозь сено, послышались слабые женские стоны.

— Вот так кажную ночь! — шепнула Матрёна. — Елозит Климка хозяеву жёнку, пока муж дрыхнет.

Ваня равнодушно послушал и вдруг зевнул. От происходящего и с усталости после вечера его потянуло в сон.

— А чего ты... в этой будке? — снова спросил он, всматриваясь в незнакомое, меняющееся в темноте лицо Матрёны.

— А там хорошо. И не догадается никто.

Женщина в сарае глухо вскрикнула.

— Во, во как её пробирает! — рассмеялась Матрёна и пихнула Ваню. — А ты с девками ышшо не баловался?

— Не-а.

— Я тоже ышшо под парнем не лежала, — вздохнула она. — Они меня чураются, обходят.

— Чего?

— А ничаво! В рванину одета, фасону нет.

— А ты здешняя?

— С Борохов я. Хутор тут неподалёку, семь вёрст. Тятьку забрили, мамечина одна колотится, трое дитёв. Вот я и подалась батрачить, штоб лишним ртом не быть. Хоть кормят хорошо. Хозяин пока не выгнал. Лют он, дерётся, зараза конская. Прислугу пужает, бьёт. Потому как пьёт. Бегут от него. Савоська-балалаешник сбежал. А как играл, как играл, сволачь! Аж сердечко стыло.

Она смолкла, приложив ухо к доскам сарая. Там внутри тоже всё стихло.

— Отлюбилися, — усмехнулась девка. — Ничо, скоро опять зачнут елозиться. Ентот Климка — ходок в Манино известнай, многих девок перепортил. Он у них первый парень. Кудрявай, чёрт! И песни петь мастак. Вот Полинка на него глаз свой и положила. Слушай, а чаво ты ентого калику возишь? Кто он тебе? Отец аль брат?

— Никто.

— Стало быть, платит?

— Мы всё на еду тратим.

— А чаво ж ты возишь яво?

— Так надо.

— Ему надобно?

— Мне.

— Зачем табе енто?

— Так надо, — повторил Ваня со вздохом. — Так надо.

— Коль не хочешь, не сказывай.

Она помолчала. Ёжась от ночного ветерка, взяла себя за предплечья, отчего угловатые большие плечи её показались Ивану сложенными за спиной крыльями. И рассмеялась тихо:

— А сорока у вас смешная! Не могу! Я царь, я царь! Во как! Научили, стало быть?

— Сама научилась. Она умная.

— Сороки хитрыя-я-я! — протянула она шёпотом, чуть приседая. — Коль замешкал — напёрсток стащат и бывай таков! А то и ножни унесут в гнездо своё. Воровайки!

— Наша не ворует.

— Такая послушная?

— Ага. Да и гнезда у неё нет.

— Верно! Она у котелке у вас завсегда спит?

— В котелке.

— Спит твой калика?

— Спит, куда денется.

Они помолчали. В сарае снова застонала женщина.

— Во! — яростно шепнула Матрёна, грозно сверкнув в темноте белками глаз. — Опять зачали! Нет им устали, преступникам.

— Ладно, пойду я, — произнёс Ваня.

Он повернулся и пошёл к себе. Но не успел он выйти из-за сенника, как вспомнил, что эта Матрёна в чём-то ему помешала.

«Покурить не дала, дурёха...»

Остановившись, он достал кисет с табаком и бумажками, стал сворачивать самокрутку. Слабые женские вскрики и стоны долетели до него.

«В будке... — подумал он и усмехнулся. — Экая радость собачья...»

Сунул самокрутку в зубы, достал коробку со спичками. Чиркнул спичкой, закурил. Но не успел он сделать и двух затяжек, как сзади его ударили обухом топора по затылку и он упал ничком, теряя сознание.

Над Ваней склонилась молодая женщина. Бросив топор, она перевернула парня на спину, запустила свою руку ему в карман штанов, вытянула коробку со спичками. Зажав коробку в кулаке, глянула в лицо лежащему. Ваня был без сознания. Луна осветила напавшую на него. Это была статная, рослая и красивая девушка семнадцати лет в крестьянской панёве, босая, с голыми по локоть сильными руками. Авдотья Коробова, единственная дочь манинского немого кузнеца Савелия, три года назад пришедшего в Манино с Белого моря, купившего избу на краю села и поставившего рядом свою кузню; старовера, изгнанного из общины за связь с пришлой женщиной-каторжанкой, а до этого похоронившего жену свою, страшно сильного, высокого, прямого, как столб, мужика, непьющего, некурящего, но нюхающего табак, вечно напряжённо молчащего и сурово глядящего своими смоляными глазами, длиннобородого, держащегося всегда особняком, но из-за мастерства своего и безотказности принятого мужиками со всем его молчаливым староверством, воздержанием, нутряным мычанием и непонятным сумрачным характером.

Авдотье, к несчастью её, уготовано было судьбою родиться красавицей. За строгую северную красоту, статность, светлый и густой волос, решительную и лёгкую походку, свободный звонкий смех положил на неё глаз свой Клим, кудрявый и громкоголосый деревенский сердцеед и девичий обидчик. Как и другие девки, она не смогла устоять перед этими серо-голубыми с поволокой глазами, быстрой лихостью, всей его ухватистой, ловкой и какой-то стремительной в любом движении, как у коршуна, фигурой и перед дрожащими над высоким лбом кудрями, этими золотистыми кудрями, которые он небрежно встряхивал одним лёгким движением головы, когда пел песни сильным и наглым голосом, подыгрывая себе на пиликалке.

Авдотья полюбила Клима. Их тайные встречи в заречной роще, в Резаном лесу, на Чёрном Кордоне, на сеновалах и в заброшенных банях кончились печально для неё. Она поняла, что беременна. Когда же открылась с этим Климу — он просто перестал с ней встречаться. Но самое страшное — перестал и просто замечать, словно её, со всей красотою, статностью, смехом, радостью, утренними надеждами, дневной волной телесной свободы, ночными ожиданиями и воспоминаниями вовсе и не было на этом свете. Проходя мимо своей походкой коршуна или проезжая на лошади, он и смотрел мимо неё, и, самое страшное, от чего стыло её сердце и плетьми обвисали красивые руки, — смотрел спокойно, без усилия, не отводя насильно взгляда, а так, словно её, Дуни, Авдотьи Коробовой, не было, не было здесь, в настоящем, в этом густом и широком мире, не было и в прошлом — в берёзовой роще и в Резаном лесу.

Этот ледяной ужас, муку сердечную она стала носить в себе, как и ребёнка. О беременности своей Дуня никому, даже отцу, не открылась. Механически, как машина, она продолжала делать крестьянскую работу, которой в жаркую летнюю пору всегда наваливалось много, но работа не помогала забыться.

В поле, на огороде, у печки утром — везде всплывали глаза, движения, золотистый чуб, голос Клима, застилая происходящее, мешая, завораживая; и она роняла ухват, обжигалась у печки, проходила мимо калитки, забывала про вёдра, мешки и горшки, опрокидывала махотку с молоком.

«Ну чаво ж...» — ответил Клим тогда в берёзовой роще на её слова о беременности, отводя свой волоокий взгляд в сторону, словно меж белых стволов там стоял кто-то невидимый и важный для него.

И это «ну чаво ж» звенело у неё в ушах, заглушая звук молота в кузне.

— Ну чаво ж, — бормотала она в знойном саду, в прохладной избе, в тёмном хлеву, наливая воду в комягу.

— Ну чаво ж, — висело в закатном воздухе над зарастающей речкой.

— Ну чаво ж, — свиристели ласточки.

— Ну чаво ж, — скрипела амбарная дверь.

Дни ужаса потянулись, как струя дымящегося дёгтя. Авдотья уже не спрашивала себя «что делать?» — она решила не задавать вопросы никому и себе самой. Что же делать? Ждать? Её живот ещё не стал животом беременной, но она чувствовала, что ребёнок, её ребёнок — там, внутри, и он растёт с каждым днём. Ребёнок Дуни Коробовой.

— Ну чаво ж... — шептала она в постели, кладя ладони на свой ещё небольшой живот и закрывая глаза, чтобы заснуть.

Но спать становилось всё трудней. И однажды, не выспавшись за ночь, она утром пошла за хорошей водой к старому колодцу, что на речке. Спускаясь с пригорка, столкнулась с Нюрой, бабой, живущей напротив на другой стороне речки. И та, неся полные вёдра на коромысле, поравнявшись с Дуней, почти пропела, насмешливо растягивая слова:

— Твой хахаль-то таперича с Полинкой тешится.

Авдотья, не останавливаясь, ответила ей злым взглядом.

— Чаво зыркаешь? Их Матрёна вчерась баила — кажную ночь к ней в сенник шляется. Тах-то во, миленькая!

Спустившись к колодцу, Дуня остановилась. Пустые вёдра с коромыслом, её босые ноги на росистой тропинке, речка, небо с утренними высокими облаками, лучи солнца на воде, ласточки — всё ей показалось вдруг глупым и как-то обидно пустым, бессмысленным. Постояв, она наклонилась, зачерпнула в колодце ведром воду, и в воде колыхнулось лицо жены кабатчика с её вечно поджатыми губами и красивыми, быстрыми чёрными глазами.

«Тах-то во!» — усмехались эти красивые глаза.

В этот же день Авдотья решила убить Клима и Полину.

Дождавшись вечера, когда отец, настучавшись в кузне, повечерял картофельной похлёбкой и пшённой кашей, понюхал табаку, помолился темноликому Спасу, крестясь двуперстно большой и жилистой рукой своей, и пошёл спать, Дуня прошла в кузню, выбрала топор поменьше и поострей, завязала его в платок, дождалась, когда совсем стемнеет, и огородами пошла к кабаку.

Она не знала, как убьёт их, но была готова это сделать. На картофельных полях из-под ног её выскочил заяц и неторопливыми длинными прыжками поскакал прочь. Луна вышла из-за облаков, осветив всё вокруг и серую шёрстку на спинке зайца.

— Зайчишка... — произнесла Авдотья и вспомнила, что надо окучить их картошку в третий раз и что картошка нынче должна быть доброй, не меньше *сам пять* с куста.

После картошки потянулись полосы клеверов, частично скошенные. Её босым ступням становилось то мягко, то колко.

— Зарублю! — сказала она громко себе самой незнакомым голосом и прижала обмотанный платком топор к животу.

Кабак и лепившийся к нему дом с жестяным петухом на коньке крыши показались впереди, она пошла медленней, оглядываясь по сторонам. Никого не было вокруг, кроме скирд сена да четырёх стреноженных лошадей. Обойдя огороды Варина, она вышла к скотному двору с постройками и, задерживая дыхание, крадучись по чисто выкошенной луговине, стала приближаться к сеннику. За луговиной перед сенником росли, расщеперившись, как кусты, две рябины. Мягкими шагами приближаясь к сеннику, Дуня вдруг увидела двух людей, идущих к нему сзади, прямо за рябинами. Она подкралась к рябине и встала за ней. Дуня узнала прислужницу кабатчика Матрёну, а парня не узнала. Матрёна сперва почему-то курила, потом стала рассказывать парню шёпотом что-то тайное, и вдруг Дуня услышала слабые стоны женщины. Женщина стонала в сеннике. И Дуня поняла, о чём шептала эта глупая девка. Парень и она подслушивали, что творилось в сеннике. А там делали то, от чего у Авдотьи молотом застучало сердце и кровь прилила к горлу. На сеновале творилось то, что касалось её. Развязав топор, она повесила платок на рябину и стала сзади подходить к этим двум.

— Ладно, пойду я, — произнёс парень, повернулся и пошёл прочь.

Авдотья неслышными шагами подкралась к девке и встала у неё за спиной. Та подслушивала, прижав ухо к доскам сенника. Женщина стонала, вскрикивала, снова стонала. И по этим стонам и вскрикам Авдотья вдруг ясно поняла, что *никогда* не сможет зарубить этих двух, которые сейчас там, внутри, на сеновале, потому что недавно сама так же стонала и вскрикивала. Сердце билось, билось у неё в груди, отдавая в виски и в глаза.

«Что-то делать, что-то делать, что-то делать», — стучало сердце.

И Дуня поняла, *что* надо делать.

Она размахнулась и ударила девку обухом топора по голове. Та стукнулась лбом о доски и осела наземь. Дуня ощупала её платье, но не нашла того, что искала.

«У него!» — вспыхнуло в голове.

Она неслышно побежала за парнем, обошла сенник и увидела его, стоящего спиной к ней в лунном свете и закуривающего. Подкравшись, она так же размахнулась и ударила его обухом по затылку. Парень упал как подкошенный. Отбросив топор, она перевернула парня на спину. Лицо его было ей совсем незнакомо. Обшарив его карманы, она нашла коробку спичек, схватила, зажала в кулак и побежала к воротам сенника. Взявшись за створу, потянула осторожно, ожидая скрипа. Но Полина сама смазала петли этих ворот, чтобы те не скрипели ночью. Бесшумно Дуня вошла внутрь. Сарай доверху был забит сеном. Только возле ворот осталось немного свободного места, а наверх, на сеновал, вела приставная лестница. Дуня прислушалась. Наверху было тихо — ни стонов, ни вскриков, ни разговоров. Любовники, насытившись друг другом, впали в забытьё и лежали там в темноте рядом, обнявшись. Постояв и послушав биение своего сердца, Дуня разжала кулак с коробкой, достала спичку, чиркнула. Та сразу загорелась, осветив всё — сено, лестницу, дощатый щелястый пол. Дуня поднесла спичку к сену. Огонь скользнул на сухие травинки, исчез в сене, оно сразу задымило белым, и Дуне показалось, что огонь погас, стало темно; но тут же пламя вышло из сена, ожило, вспыхнуло, потянулось вверх, побежало, потрескивая; белый, как молоко, дым заструился вверх, исчезая в темноте. Огонь вспыхнул ярче, пополз по сену, вытягиваясь языками, и Дуня отступила назад, чувствуя уже тепло огня. Наверху по-прежнему было тихо. Горящее сено затрещало. Пламя пошло выше по сену, ярче, сильней.

— Гори! — прошептали её губы, и она подняла глаза туда, где под крышей в темноте исчезал дым. Ей вдруг захотелось увидеть там лицо Клима. Но наверху были только дым и темнота, его глотающая.

Дуня вышла из сенного сарая. И чуть не столкнулась с Вариным. Большой, грузный, в белом исподнем, с револьвером в руке, он стоял перед ней. В доме у кабатчика о связи его жены с Климом знали уже двое — бабка Маша, видавшая их ночью, и половой Иван. Говорливую бабку Машу Полина подкупила тремя целковыми, чтоб молчала, чем та сразу похвасталась перед Иваном, выдав тем самым Полину. Тот ждал два дня денег от Полины и, не дождавшись, не стал доносить на неё, а просто растолкал спящего Варина со словами: «Хозяин, кто-то в сеннике шалит». Варин, крепко выпивший после удачного представленьица калеки и сороки, с трудом встал, достал из комода револьвер и пошёл к сараю. Его испитое, красное и широкое лицо показалось Дуне медным котлом.

— Ты чего тут делаешь? — спросил этот котёл неприятным голосом Варина.

Но в пьяных глазах его отразилось пламя сквозь проём в воротах. Дуня бросила коробку со спичками и кинулась прочь.

— Ах ты... — выдохнул Варин.

— Зажгла? — высоко и как бы вопросительно выкрикнул половой, стоявший позади Варина с ножом в руке, и указал этим ножом в убегающую, словно останавливая её.

Варин выстрелил в Дуню. Её ударило в спину, словно палкой, и она упала. Захотела встать, но палка, видимо, впилась ей в лопатку, и стало больно и тяжело. Она приподнялась, встала, но, пройдя несколько шагов, снова упала и заметила, что падает рядом с тем парнем, которого ударила обухом. Ей стало тяжко дышать, и палка, палка в лопатке полезла вдруг в Дуню глубже и глубже, будто становясь железной змеёй, а Дуня всегда не любила змей и, когда попадались, старалась убить их, как дважды вилами, когда трясли и убирали сено, вилами этим летом убила чёрную змею, свернувшуюся под валком, а батрак Борислав тогда сказал ей, что это уж, он не укусит, только яйца куриные глотает...

Дуня потеряла сознание.

На сеновале первым очнулся от забытья Клим. Стало душно от дыма, снизу светило прерывисто, сполохи ожили на досках.

— Полина, горим! — Клим стал расталкивать любовницу.

Рядом внизу раздались крики и выстрел. Полина очнулась. Они кинулись по сену к лестнице, но пламя уж охватило весь скат сена, и языки его заплясали в воздухе перед любовниками. Клим понял, что по лестнице вниз уже не слезть.

— Прыгать надо! — крикнул он, задыхаясь в дыму. — Пошла!

Он схватил Полину за плечи, толкая вперёд, но она отшатнулась от пламени, вывернулась сильным телом, закашлялась:

— Ох, лихо!

Клим выругался и решил первым прыгнуть, вошёл в языки пламени, примериваясь, но внизу увидел Варина. Варин, распахнув с Иваном ворота сенника, заревел:

— Пож-а-а-ар!!

Пламя уже охватило скат сеновала снизу доверху.

Вдруг наверху в пламени и дыме возник Клим. В алой шёлковой рубахе, озарённый пламенем, он показался Варину чёртом. Волосы зашевелились на голове у Варина.

— Дьявол! — выдохнул он и выстрелил из револьвера в Клима.

Пуля прошла мимо, Клим оттолкнулся от верхней перекладины лестницы, прыгнул вниз и обрушился на кабатчика, валя его, да так, что нога у Варина подвернулась, хрустнула в колене.

Варин заревел от пронзившей ногу боли.

Клим вскочил с него и встретился глазами с половым. Иван стоял с ножом в руках, но вместо того чтобы броситься на Клима, закричал своим высоким голосом:

— Держи вора!

Они часто пили вместе, играли в карты, и Клим, в отличие от большинства манинских мужиков, не был скупердяем, иногда подносил Ивану, вологодскому сироте, водки за свой счёт. За то Иван и не кинулся на него и не ударил ножом; да и высокомерную Полину он тоже недолюбливал.

Клим кинулся прочь, Иван побежал за ним, но так, чтоб не догнать.

Варин с вывернутой ногой и револьвером в руке ворочался, полулёжа в воротах, стоная и охая перед стеной огня. Полина, наглотавшись дыма наверху, решилась прыгнуть вниз, встала на краю сеновала. Пламя охватило её ночную рубашку. Она завизжала. Варин увидел её наверху в пламени, с распущенными волосами, и тоже не узнал.

— Ведьма! — проревел он и выстрелил в неё.

Пуля прошла мимо, впилась в доски крыши. Перекрестившись и закрыв лицо руками, Полина прыгнула вниз, упала, валясь вперёд перед лежащим Вариным, и ударила его головой в лицо. Варин откинулся навзничь, а вывернутое колено его хрустнуло снова, пронзив новой болью. От удара и боли кабатчик потерял сознание. Полина вскочила, сорвала с себя горящую рубашку, встала перед пылающим сенником. Огонь горел мощно, весь скат снизу доверху пылал, лестница занялась. На голую Полину дохнуло жаром.

— О Господи! — она охнула и попятилась, прикрывая наготу свою, словно стыдясь огня.

И вдруг поняла, что этот пожар и всё это с лежащим здесь без сознания мужем, с её прыжком сверху, криками, револьвером, стрельбой, горящей сорочкой и наготою — от её греха, от тайной любви с Климом. Эта простая и сильная мысль парализовала её. Прикрывая грудь и чресла руками, с распущенными волосами, она стояла, вперившись в огонь. Она, Полина Авдеевна Сотскова, уже полгода как Варина, выросшая в зажиточной семье лавочника из села Воскова, похоронившая первого мужа в свои двадцать лет и через год сосватанная за этого манинского кабатчика, тупого, как бык, и дикого, как волк, ставшего ей быстро ненавистным, влюбившаяся в Клима, за неделю стремительно отдавшаяся ему целиком, без оглядки, замышлявшая с ним побег на Волгу, к своему дядьке, хозяину рыбацкой артели, думающая о новой жизни, о том, что у неё, бездетной с двумя мужьями, с новым любимым пойдут красивые, кудрявые, как Клим, и чернобровые, как она, дети, живущая ежедневно этой новой надеждой, готовящаяся тайно к бегству, собравшая себе в дорогу уже денег и одежды, строившая подробные планы их побега, теперь же застывшая перед этой стеной огня с одним страшным словом, которое прошептали её губы этому огню:

— Грех.

Это слово, тяжёлое, как здоровенный валун на могиле её первого мужа, вмиг придавило Полину со всеми её мечтами о новой, счастливой жизни, о Климе, новом сердечном друге, не похожем ни на кого из мужиков, который подарил ей эту неделю полного счастья и радости.

Огонь горел, а камень давил, долговой камень.

— Грех? — снова произнесли её губы.

В камне этом было всё её прошлое, что было до Клима, все эти полгода жизни с чужим, тяжко непонятным и поэтому нелюбимым человеком, который и сам был словно каменный, давящий её радость и свободу собой и своим кабаком, для которого он и жил на этом свете. Её душа вдруг вся сжалась под этим камнем:

— Грех?

Надо было ложиться в эту могилу, под тяжкий валун долга, общих правил и понятий, быть верной женой, поднимать покалеченного мужа, бежать, звать на помощь, чтобы огонь не перекинулся на дом и кабак, и дальше жить *как надо*, как все живут.

Но душа сама, без разума Полины, своим душевным телом вдруг вывернулась из-под долгового камня, что потрясло и укрепило Полину:

— Не грех!

Любить — не грех! Валун с души скатился, и роковой огонь этот сразу стал обычным огнём. А пожаров Полина навидалась на своём веку.

— Ох, лихо, лихушко! Авдеевна, голубушка, ты ж покройся! — раздалось сзади, и бабка Маша набросила на голые, красивые плечи Полины свой платок, в котором выбежала на крики и стрельбу. Но Полина уже поняла, что надо ей делать и кем теперь быть, и оттолкнула руки бабки, как руки всего прошлого, повернулась и пошла к дому. Подбежал из темноты половой Иван, кинулся к хозяину. Тот лежал по-прежнему без сознания, нелепо оттопырив вывернутую ногу. Полина прошла мимо мужа, как мимо чужого человека, даже не взглянув на него. Иван оторопело покосился на неё, словно это была не его строгая и вечно недовольная хозяйка, а какая-то другая, незнакомая да притом ещё и голая женщина, но Полина и была уже другой; половой подхватил хозяина и стал оттягивать его тяжёлое тело от огня.

Полина вошла в дом с чёрного крыльца, прошла в спальню, зажгла свечу, быстро оделась, взяла пачку припрятанных денег, открыла сундук, вынула стопку приготовленной одежды, сложила в саквояж, повязала голову платком, и с саквояжем пошла из дома, но, заслышав бегущих на пожар, решила выйти снова через чёрное крыльцо, чтобы не встречаться с ними; вышла с осторожностью, прошла мимо хлева, где замычала разбуженная корова и вслед за ней мыкнули ещё две, мимо низкого свинарника и свернула, шагнула в тень, на луговину, отходя по ней в темноту и оглядываясь. Уже половина сенника была охвачена огнём, слышались голоса. Она перевела взгляд на дом и кабак, освещённые луной и пожаром, и поняла, что больше никогда не войдёт в них, даже если они и не сгорят на этом пожаре. Навсегда отвернувшись от них, она крепче сжала ручку саквояжа и зашагала прочь.

— Полина! — окликнули её.

Она сразу узнала любимый голос и замерла, останавливаясь. Клим вышел к ней из темноты как чудо, как подарок. Мгновенье они смотрели друг на друга, саквояж выскользнул из руки Полины, она бросилась к любимому на шею. Он молча обнял её, да так, что она всё сразу поняла и без слов. После своего прыжка с сеновала, убежав от неохотно догоняющего его Ивана, Клим тут же вернулся к злополучному сараю со стороны луговины. Возле его стены ворочалась с разбитой головой Матрёна. Не обращая на неё внимания, Клим зашёл за угол и встал за створу распахнутых ворот сенника. В это мгновенье лежащий с вывернутой ногой и выпученными от ярости глазами Варин выкрикнул «ведьма!», выстрелил из револьвера, и прямо перед ним упала сверху объятая пламенем Полина, кувыркнулась и ударила мужа головой в лицо так, что тот опрокинулся. Затем она быстро вскочила, содрала с себя горящую рубашку, повернулась к пожару, встала, прикрывшись руками. И Клим вдруг *увидел* эту женщину. Она стояла, глядя на пожар. Клим, красивый и легкомысленный парень, девичий соблазнитель, кутила и любитель деревенских гульбищ и драк, относился к «ентим девкам» как к забавной скотине, примитивно используя их: легко влюблялся, легко и безболезненно бросал, тут же забывая, заводя новые и новые шашни. Бросив опостылевшую Авдотью, которая для него оказалась «дуже сурьёзной», он «встретился глазами» с Полиной, сразу и сильно влюбившейся в него. Опустошённая жизнью с угрюмым кабатчиком Полина полюбила Клима всем сердцем, трепеща и замирая в ожидании их ночных свиданий. Он же, соблазнив Полину, уже с усмешкой хвастался парням, что «таперича загулял с жёнкой Бегемота», про себя решив, что с этой Полиной будет так же, как и со всеми другими девками. Теперь же, увидев её из-за створы ворот голой, стоящей перед огнём, с распущенными волосами, прикрывающуюся руками, он застыл, словно мальчик, впервые увидавший женскую красоту. Уже достаточно повидавший за свои двадцать лет голых баб и девок Клим вдруг увидел другое: перед ним стояла Женщина, освещённая пламенем. И это была *его* женщина. Она была потрясающе красива. Глядя из темноты на эту яркую красоту, он вдруг понял, что раньше ничего не знал, не понимал в этом и даже не догадывался о существовании такой красоты. От осознания этого он перестал дышать и совершенно оцепенел. Вся его прежняя история деревенского сердцееда, все эти быстрые встречи и объятия на сеновалах, эти стоны и шёпоты в банях, в кустах, в рощах и в полях вдруг стали чем-то постыдным, убогим, ничтожным, скручиваясь и чернея, как горящая на огне берёста. Огнём была Полина, а берёстой — он.

Когда он пришёл в себя, Полины уже не было, она исчезла. Потрясённый, еле переставляя одеревеневшие ноги, он отошёл от горящего сарая в темноту, достал папиросу, хотел закурить, но, расхотев, отбросил папиросу. И медленно двинулся в темноте, не зная, что ему делать и куда теперь идти. Когда же неподалёку послышались быстрые шаги, он сразу понял, чьи это шаги, и сердце его замерло и забилось с новой, уже другой силой. И он окликнул свою женщину.

Их объятие в темноте всё решило. Слов им не потребовалось. Клим подхватил её саквояж, взял за руку и повёл за собой в новую, совсем другую жизнь, которая разворачивалась к ним всем своим новым, по-особенному ощутимым пространством.

А вокруг сарая тем временем собирался деревенский народ, разбуженный пожаром. Уже таскали вёдра с водой и плескали ими на хлев и свинарник, выводили скотину; уже Иван, оттащивший Варина от сарая, полез на крышу дома, чтобы страховать его от летящих углей, уже склонились над раненной Вариным Дуней: она была без сознания, но жива.

Оглушённый ударом Ваня тем временем очнулся, сел на земле. Голова была тяжёлой, как с угара, но крови на затылке не было, лишь вспухло. Зато у Матрёны затылок был разбит и болел; очнувшись за сенником, она прижала ладонь к голове и почувствовала кровь. Наверху сенник уже пылал так, что внизу она чувствовала жар. Слышались голоса людей. От удара сознание её помутилось; она вдруг поняла, что этим внезапным пожаром у неё отнимают что-то дорогое, чего уже не будет никогда. Глядя на собственные окровавленные руки, она попыталась вспомнить, *что же отнимают у неё?* Но никак не могла. Схватившись за стену сарая, она приподнялась, встала, глянула наверх. Там пылало. Она попятилась от сарая и наткнулась на рябину, оглянулась; на рябине висел женский платок. Матрёна взяла его. Чтобы в ночи быть незаметной, когда шла подслушивать к сеннику, она не повязывалась платком. И глядя на этот платок, вспомнила, что отняли у неё: то, что она подслушивала каждую ночь. Это тайное, очень приятное, неповторимое, что никак нельзя услышать днём, когда вокруг всё такое громкое и быстрое и много разных противных голосов, что-то требующих и за что-то бранящих. Она заплакала и пошла вдоль сарая, огибая его. На скотном было полно людей: кричали, таскали, плескались водой. Плача, Матрёна двинулась сквозь этих людей. На неё не обращали внимания; трое мужиков катили на тележке бочку с водой и толкнули Матрёну, облили водой, обругали. Она упала, плача. И вдруг увидела перед собой на земле коробок спичек.

«Сожгли моё дорогое», — подумалось ей.

И вдруг поняла, что она тоже должна сжечь дорогое этих злых людей, в отместку, сжечь, чтобы отнять и у них. Она встала с коробком спичек в руке и пошла прочь от толпы. Пройдя мимо дровяной кладни, увидела старый сенник; ворота в нём были приоткрыты. Матрёна вошла внутрь. В сеннике было темно, она заметила старое сено в углу, но не разглядела спящего в нём Фрола. Присевши к сену, она чиркнула спичкой, но та не зажглась. Чиркнула другой, та загорелась. Матрёна бросила спичку в сено. Сено быстро занялось. Матрёна вышла из сенника и побежала прочь в темноту.

Приподнявшись с земли и держась за опухший затылок, Ваня двинулся к горящему новому сеннику. Суетящиеся вокруг люди не пытались его тушить, но поливали водой постройки рядом. Ваня стоял, глядя на происходящее, как на сон, который начался у него этой ночью после встречи с Матрёной и всё не кончается. Вдруг он услышал знакомое:

— Здрасьте! Здрасьте! Здрасьте!

Оглянувшись, он увидел сороку. Прыгая, махая одним крылом, та повторяла одно и то же. Затем затараторила:

— Я царь! Я царь! Я царь!

И это тоже было для него как сон. Люди оторопело оглядывались на сороку, как на ночной морок, а те, кто не был на представленьице, отгоняли её. Она металась среди людей, треща:

— Я царь! Я царь! Я царь!

Ваня почувствовал, что с сорокой что-то не то. «Фрол!» — догадался он и побежал к старому сеннику. Сорока метнулась за ним. Сено, на котором спал калека, уже пылало, а проснувшийся Фрол ворочался в нём и не кричал, а как-то по-медвежьи ухал и взрыкивал. Ваня вбежал в сарай и кинулся в огонь спасать Фрола. Обняв тело калеки, он потянул его, но это тело вдруг налилось свинцом и стало невероятно тяжёлым, неподъёмным; Ваня обхватил ухающего Фрола, потянул изо всех сил, но пламя, жаркое и жадное, обжигающее пламя тоже обхватило Ивана, поглощая и накрывая его.

— Первое поприще прошёл ты, Ваня, — раздался голос спокойный и довольный.

Открыл Иван глаза свои. Видит — он в той самой пещере книжной. Сидит на полу, а над ним — трое классиков из ларца нефритового.

— Достойно справился ты с первым поприщем, — Лев седобородый говорит ему.

— Теперь — время второго поприща, — Фёдор лобастый продолжает. — Готов?

— Готов, — Ваня ответил.

— А ежели готов — держись!

И дунул Фёдор на Ваню со всей своею силой.

— Папенька, друг мой бесценный, я же говорю вам, что никогда не пролью и капли своей драгоценной семенной жидкости даром-с, а не то что ночь провозиться с подобной рискованной особой! Как же-с? Ежели я в достаточном и приличном заведении ложусь на чистую женщину, от которой jamais не подцеплю никакой гадости, то тогда я покоен и свободен в своём самозабвении и наслаждении, я буду наслаждаться ею так, как мне надобно-с, как я желаю, не боясь и не оглядываясь, не погружаясь в гадкое сомненьице, не сдерживая своё сладострастье! Я право имею, мне и решать! И неужели, по-вашему, я настолько глуп и безответственен? Нет, папенька, вы обо мне скверно думаете, ежели так говорите! Он, видите ли, предупреждает насчёт чистоплотности мамзелей! Наиопаснейшая вещь! О, я благодарен вам за ваше предупреждение, отец мой, премного благодарен, донельзя благодарен!

Так проговорил господин более чем средних лет и более чем среднего роста, худощавой, жилистой комплекции, впрочем, с заметным уже животом, с породистым, хоть и уже несколько потасканным лицом, с гордым орлиным носом, одетый так, как одевались столичные щёголи лет тридцать тому, в коротокополом сером поношенном, английского покроя пальто, но в идеально новом цилиндре, с тростью в длинных руках, обтянутых тёмно-синими перчатками; театрально взмахнув тростью, он сделал вид, что припадает на колено, и не очень изящно исполнил нечто вроде реверанса перед своим юным спутником — подростком в сизой шинели, по покрою похожей на шинели гимназистов, и мерлушковой зимней шапке. Подросток же, никак не отреагировав на подобную театральность, продолжал идти с господином рядом по Невскому проспекту.

Дело происходило поздней осенью, в первом часу пополудни, в сырую, ветреную, бесснежную ещё погоду, которую старые петербуржские чиновники называют *скверь*, молодые — *соответственной*, а гости столицы — просто гадостью; когда промозглый ветер с залива гонит над городом клочковатые низкие облака, а солнце лишь скупо мелькает промеж них, словно издеваясь над пешеходами и самим здравым смыслом.

Господина звали Аристарх Лукьянович Храповилов, он был вдовцом, некогда богатым, но разорившимся, промотавшимся и проигравшимся помещиком ушедшей *угрюмой* эпохи, никогда нигде и никем не служившим, впрочем, до разорения своего кое-что успевшим приобрести в столице, а именно — приличную квартиру на Васильевском острове, где он и проживал со своей слабоумной сестрой и старой, желчной маменькой.

— Ты продолжаешь паясничать, — заговорил подросток, не глядя на Храповилова, с тем равнодушием, по которому было ясно, что такая театральщина случается между ними не впервой и уже никого из них не удивляет. — Меня не только Борис Иванович предупреждал, но и Феоктистова. А от неё правда на эту тему весьма дорога, Аристарх.

— Феоктистова! Мерзавка! Ах! — воскликнул Храповилов, вскидывая трость вверх, словно тамбурмажор на балу. — Подняла мою белокурую на зубок! Старой перечнице завидно стало, что мамзель распинают по ночам, а её давно уж нет! У неё в промежности — мох и мокрицы ещё с крымской кампании, когда она маркитанткой подвизалась в полку у Шиловского, да, видать, это дельце не шибко выгорело, вернулась без капиталов, как же-с! Скверно поработала avec ton pubis, проказница, скверно поработала-с!

— Тебе приятно мерзости говорить, — заметил его спутник, щурясь от ветра.

— Папенька, мне приятно вам говорить правду-с! — почти выкрикнул Храповилов с такой обидой, что, казалось, сейчас разрыдается.

Но молодой человек не только не остановился, но даже не оборотил к нему своего спокойного лица; в лице этом при правильных, ещё даже не юношеских, а детских чертах было что-то глубоко взрослое, затаённое, даже суровое и поэтому невыразимое, как случается у людей, рано перенёсших тяжёлую болезнь или тяжёлое детство, отчего подросток казался сильно старше своих лет. На пересечении Невского с Большой Морской пара поравнялась с хромой девушкой в капоре, в резиновом плаще вповерх тёмно-зелёного платья и с корзинкой в руке. Лицо девушки ничем особым не отличалось; по всему виду она была из прислуги.

— Хроменькая! — прошептал Храповилов, оборачиваясь на прошедшую мимо девушку. — Папенька, бесценный мой, дозвольте!

— Тебе сегодня ещё предстоит Ассамблея, — спокойно ответил подросток.

— Так что ж с того?! Ассамблея единоличному романтизму не помеха! Дорогой мой, ваш сынок жаждет разнообразных удовольствий, дозвольте же, умоляю, умоляю! — скрестив руки с тростью на груди, Аристарх Лукьянович согнулся в поклоне, чуть не роняя свой новый цилиндр.

— Дозволяю, — бесстрастно ответил подросток, замедляя шаг.

— Merci, grand merci! — воскликнул Храповилов, поцеловал плечо сизой шинели подростка и кинулся за уходящей хромоножкой.

Подросток повернулся и побрёл за ним. Храповилов зашёл навстречу девушке, снял цилиндр свой и склонил плешиватую голову.

— Сударыня, позвольте представиться, Аристарх Лукьянович Храповилов, театрал, помещик и admirateur вашей красоты!

Девушка остановилась, беря корзинку в обе руки и прижимая её к животу, словно опасаясь за её содержимое.

— Ваш образ, сударыня, не может оставить меня равнодушным ни на минуту, ни на мгновенье! Вы очаровательны, неповторимы, посему я имею честь пригласить вас к Вольфу на чашку шоколаду, что в такую ненастную погоду укрепит ваше драгоценное здоровьице и сделает вас ещё более неотразимой!

Лицо девушки, местное, северное, бледно-мучнистое, не выразило ни испуга, ни удивления; прижав к животу корзинку, она смотрела на Храповилова как на господскую карету, перегородившую ей путь.

— Шоколадцу-с! — произнёс Храповилов, вытягивая свои сухие, как бы вечно обветренные и вечно жаждущие губы.

Недолго оглядев его своими водянистыми, слегка выпученными глазами, девушка ответила:

— Благодарствуйте, но нам надобно воротиться вовремя.

— Ах, неотразимая, полчаса не нарушат сильно ваших попечений!

— Нам опаздывать строго заказано.

— Кто же тот деспот, что не даёт вам права в ненастье испить чашечку шоколадцу?

— Начальница наша, старшая горничная.

— У кого же вы служить изволите, чаровница?

— У князей Собакиных.

Аристарх Лукьянович пожевал губами, как бы недовольно и с досадою вспоминая что-то и кого-то, но вдруг приблизился к девушке, беря её под локоть, и зашептал ей в капор. Девушка стояла столбом, не отшатываясь и никак не реагируя на его шёпот.

— Два рубля-с! — проговорил он вполголоса, отстраняясь и указывая тростью вперёд. — Угол Невского и Коломенской, нумера братьев Свешниковых.

На мучнистом лице девушки снова ничего не отразилось, но по молчанию её и морганию невзрачных ресниц стало ясно, что в её головке происходит некая работа мысли.

— Через час смогу отпроситься ненадолго, — произнесла она.

— Расчудесно! Parfait! Восхитительно! — Храповилов оторвал одну из рук девушки от корзинки и умудрился чмокнуть в просвет между резиновым обшлагом плаща и шерстяной перчаткой. И тут же выхватил свои старые, фамильные золотые часы из кармана жилетки, открыл крышку, показывая циферблат не только девушке, но и всему окружающему миру:

— Сейчас, сударыня, двадцать три минуты первого, пушка уже пробила-с, буду ждать вас с половины второго там! И умоляю не опаздывать, не сокрушать моё слабое сердце!

Девушка кивнула и двинулась дальше с таким видом, что в её жизни ничего особенного не произошло. Храповилов, недолго проводив её взглядом, довольно прищёлкнул языком и вцепился подростку в локоть:

— Ах, прекрасно! Хроменькая! Папенька, коли она, чухонка простодушная, не согласилась на шоколад, мы с вами обязаны certainement пойти и выпить шоколадцу, просто непременно обязаны! Рублик ведь сэкономили, а как же-с? Пойдёмте, дорогой мой, пойдёмте.

Вскоре они уже сидели у Вольфа в курительной зале за мраморным столиком, Храповилов раскуривал сигарку, подросток закурил папиросу; китаец принёс им по чашке шоколада.

— К чему весь этот театр, Аристарх? — спросил подросток. — Не проще ли сразу объявить девушке цену?

— Папенька, вы реалист, я это чувствовал ещё с младенчества, когда меня ещё в свивальники обёртывали, — заговорил Храповилов, поглядывая по сторонам своими бегающими, узкими, оплывшими глазами и ища среди сидящей публики знакомых. — Театр! Драгоценный мой, жизнь наша и есть театр, как сказал великий Вильям, и был прав. Я расшаркиваюсь перед народной красотою, ибо ценю красоту женщины как таковую, как монаду абсолюта, так сказать! La femme прекрасна уже сама по себе, со всеми своими физиологиями и интимностями, а кто она в жизни земной — графиня, прачка, чухонь, чудь али меря с кухни князей Собакиных, — наплевать! Я ценю не статус, не одежду, а тело, тело-с! Которое даёт мне наслаждение, и когда я наслаждаюсь женским телом, мне совершенно безразличен ум и сословный статут той, на ком лежу!

— Такой павлиний entrechat только повышает цену.

— О, напротив, драгоценный мой, напротив! Ежели я выдаю entrechat перед кухаркой, в глазах её плывут радуги, она смущена и смятена, и когда дело до цены доходит, наоборот, папенька, ровным счётом наоборот, я ей называю цену-то не больно высокую, совсем не высокую, а ей-то из-за радуг да entrechat кажется, что цена капитальная, так что danse du paon недаром-с был, дорогой вы мой! М-м-м... шоколадец превосходный, как всегда у Вольфа, а как же-с!

— Справа у колонны сидит Покревская, — заметил подросток, скосив глаза.

Хорошее настроение вмиг покинуло Аристарха Лукьяновича; поджав губы и нахмурившись, он зло прищурился, вглядываясь в компанию из трёх сидящих за столом дам.

— Мне кажется, она тебя ещё не заметила, — проговорил подросток.

— Проклятье! — выдохнул Храповилов. — Папенька, давайте поменяемся с вами местами.

— Изволь.

Они пересели так, как предложил Храповилов.

— Donnerwetter! — прошипел он зло, заслоняясь плечом от дамской компании. — Петербург стал невыносимо тесным! И неприятных людей становится здесь всё больше, они множатся, множатся, аки грибы. Покревская! Осиное гнездо души и ледяное сердце.

— Ты основательно разворошил это гнездо.

— Папенька, вы попрекаете меня? — с обидой зашипел Храповилов.

— Твоя неосмотрительность вредит твоей репутации.

— Вот как?! Значит, даром, что ли, пела мне нянюшка: будешь в золоте ходить, генеральский чин носить?

— Ты не стал генералом, а насчёт золота...

Подросток собирался продолжить, но тут послышался шум голосов, неприятные восклицания, звук отодвигаемого стула и сильный, звонкий женский голос зазвучал на всю залу:

— Господа! Здесь сидит негодяй и подлец Аристарх Лукьянович Храповилов! Он нюхал ноги моей умирающей матери!

Публика притихла и головы повернулись в сторону Храповилова, куда указывал перст женщины с жёлто-бледным лицом и глубоко запавшими глазами, сейчас сверкавшими гневом. Храповилов оцепенел с поднятой чашкой.

— А также он похитил у нас пятьсот шестьдесят рублей, и все наши попытки вернуть эти деньги, все взывания к совести этого человека, все усилия общих знакомых и деловых людей не увенчались ничем, а он, этот подлец, мошенник и безнравственный человек, сейчас спокойно сидит здесь и изображает из себя аристократа, но знайте, знайте все, что он никакой не аристократ, а мошенник и подлец!

И не успел застывший Храповилов опустить чашку, как раздались быстрые звуки женских каблуков, Покревская оказалась возле их столика и, размахнувшись, дала Аристарху

Лукьяновичу такую пощечину, что голова его отдёрнулась, а чашка с шоколадом опрокинулась на стол, забрызгав Храповилова и подростка.

— Подлец! — выкрикнула дама звонко и почти уже совсем истерично, тряхнув своей широкополой шляпою тёмно-синего бархата, развернулась и быстро, в сильнейшем раздражении покинула залу.

Всё происшедшее было настолько неожиданным, неуместным и скандальным, что публика оцепенела, уставившись на Храповилова. И не успели все, включая виновника скандала, прийти в себя и пошевелиться, как возле злополучного столика возникла фигура толстого бритоголового человека в пенсне и с заложенной за галстух салфеткой.

— Поделом-с, поделом-с, ваше несиятельство! — неприятным, дребезжащим, каким-то почти детским голоском забормотал толстяк, наклоняясь к сидящему как бы в издевательском полупоклоне. — Нанюхались старушкиных ножек, вот и получите-с!

И переходя совсем уж на визг, беря октавою повыше, розовея, как ветчина, своим мясистым, бритым лицом, толстяк негодующе возопил на всю залу:

— Торг достопамятный у Тереньевых не забыли-с? Четыре тысячи, а не жалкие пятьсот рубликов-с! Добропорядочный откупщик? Промысловое свидетельство? Рваный вексель? Напомнить?!

— Аферист? — вопросительно произнёс кто-то из сидящей публики.

Сказанное толстяком заставило Храповилова вскочить, опрокидывая стул; лицо его, сильно побледневшее во время монолога дамы, теперь уже будучи в каплях шоколада, пошло красными пятнами.

— Милостивый государь, извольте держать ответ за свои слова! — прорычал Храповилов, надвигаясь на толстяка, который был невелик ростом.

— Рваный вексель держит ответ, рваный векселёк-с! — продолжал вопить тот и, сжав пухлые кулаки свои, завопил ещё пронзительней: — Состарили бумажечку-с! Что, подмасленный маклак помог? Мошенники!!

— Я вас вызываю! — выкрикнул Храповилов.

— Вызовите лучше меня! — раздалось рядом, и высокий, такого же роста, как Храповилов и почти такого же возраста господин в несколько поношенном мундире отставного морского офицера встал перед Аристархом Лукьяновичем, оттесняя толстяка и старомодно, по-военному выпячивая грудь.

— Я вас не знаю, милостивый государь! — проговорил Храповилов в сильнейшем волнении от происходящего.

— Зато я вас знаю! Не соблаговолите ли вспомнить дело баронессы фон Радхофф, по которому вы проходили как ответчик, а мой покойный дядя в качестве свидетеля? Ночная порубка, вывоз леса вашими мужиками, покалеченный объездчик?

— Я чист перед судом и перед Богом, милостивый государь! — выкрикнул Храповилов, теряя самообладание. — Баронесса имела подлые намерения выпачкать мою репутацию по интриге своего крестника, подлого человека, покушавшегося на наше родовое имение ещё при моём покойном отце!

— Ваша репутация изгажена, господин Храповилов! И это знают все честные люди! — с нарочитым спокойствием, но громко, во всеуслышанье продолжил моряк.

— Рваный вексель, рваный вексель! — взвизгивал толстяк.

— Я вас вызываю! — прорычал Храповилов. — Извольте назвать ваше имя!

— Капитан-лейтенант Журавлёв, к вашим услугам! — выпалил моряк, ещё сильнее выпрямляясь и выпячивая грудь.

— Господа, дуэли не будет, — решительно и спокойно проговорил подросток, протиснувшись между пререкающимися и как бы заслоняя собою Храповилова.

Журавлёв и толстяк непонимающе и с явным неудовольствием уставились на молодого человека.

— Вы кто? — грубо спросил моряк.

— Я его отец, — спокойно ответил подросток.

Возникла немая сцена, на протяжении которой стоящие и сидящие в зале смотрели на юношу; к скандалившим присоединился ещё и управляющий кофейни с подоспевшим рослым гардеробщиком; прислуживающие посетителям китайцы держались поодаль.

Прошла долгая мучительная минута, и капитан-лейтенант повернулся и отошёл прочь от Храповилова. Толстяк молча последовал за ним. Храповилов стоял столбом с красным лицом. Публика смотрела на него.

— Расплатись, — приказал ему подросток.

Вскоре они уже вышли из злополучной кофейни.

— Мерзавцы! — просипел Храповилов севшим от волнения голосом. — Как посмел этот... как его... Журавлёв...

— Стой! — приказал подросток, достал платок и стал стирать с раскрасневшегося лица Аристарха Лукьяновича брызги шоколада.

Тот покорно отдался в руки подростка.

— Баронесса фон Радхофф, — забормотал Храповилов, переводя дыхание и с трудом приходя в себя. — Этот суд я надолго запомнил. Ночная порубка! Её вовсе не было! Как же-с? Лес свалили загодя, по срубам Федька наш определил, иск был подстроен её крестником, дознаватель подкуплен, но судья, судья оказался честным человеком, Господь вразумил его, я полностью оправдан, полностью! Но эта... эта Покревская!

Он угрожающе вскинул трость, гневно раздувая ноздри своего орлиного носа. И тут же вспомнил другое:

— Рваный вексель! Омерзительный навет! Мы же всё тогда уладили, обо всём договорились! Откуда он вылез, этот Scheißkugel? Каков негодяй?! Как всё вместе это... словно подстроено заранее! Заговор?! Они все сговорились против меня?!

— Стой спокойно! — повысил голос подросток, продолжая заниматься лицом Храповилова.

— А как она посмела?! Да, я однажды понюхал ноги её отходящей ко Господу маменьки, но я же испросил её дозволения! Как же-с? Она же либертарианка, femme progressiste! Я искренне, сердечно обратился к ней как исследователь, как естествоиспытатель, как мыслящая монада, я хотел знать, как пахнет frontière de la mort! Что же в этом постыдного?! Я что, унизил этим её мать? Старушку к тому моменту уже причастили... а эти пятьсот шестьдесят рублей?! Какой неслыханный, подлый навет!

— Ты чист, — пробормотал подросток, оглядев его лицо и пряча платок.

— Да, я чист! — выкрикнул Храповилов так, что прохожие стали оборачиваться, оглядываясь на него.

— Пойдём отсюда, на нас смотрят, — подросток взял Аристарха Лукьяновича под руку.

Они пошли по Невскому. Но Храповилов продолжал возбуждённо говорить:

— У нас с мадам Покревской были совершенно доверительные отношения, одна компания, одни убеждения, даже в некотором роде философский салон единомышленников образовался, мы читали Шопенгауэра, спорили, даже дружили, она казалась мне умной, достойной женщиной, но потом некая трещина пролегла, но, дорогой мой папенька, я не могу, не мо-гу просто дружить с женщинами! А она желала большего, явно желала, даже жаждала, но я, при всей моей любви к женскому началу, не мог себе позволить перейти черту, она не вызывала у меня интимных чувств-с, pardonnez-moi, вы изволили её сейчас видеть, это суровая дама ума, там не на что руку положить, везде железо, философия, так сказать, à la naturelle, холодный скрежет тезисов и антитезисов, я же ценю в женщине нежность души и податливость форм, я деликатно отказал ей, тем более что у меня в то время были два чрезвычайно бурных романа, не до железа, друг мой, совсем не до умного железа!

Он громко рассмеялся, как бы сразу сбрасывая с себя всю тягость произошедшего скандала, остановился и взглянул в небо, где промеж серых облаков показалось солнце.

— Солнышко! — воскликнул он. — Bon signe! Постойте, папенька, мы что-то забыли... Что же мы забыли?

— В четыре обед у маменьки, — напомнил подросток.

— Это я помню прекрасно. Что-то ещё! Важное! Ах, этот чертов эксцесс... Я забыл про что-то важное, нужное...

Храповилов прижал серебряный набалдашник трости к своим губам, вспоминая. И прошедшая мимо дама напомнила ему то, о чём временно позабылось.

— Хромоножка! — воскликнул он, взмахивая тростью. — Как же-с?

Он достал часы, глянул и заторопился, схватил подростка под руку:

— Двенадцать минут! Папенька! Пойдёмте, пойдёмте!

В нумерах братьев Свешниковых, считавшихся одними из самых дешёвых и неуютных на Невском проспекте и уже довольно известных Аристарху Лукьяновичу, было сумрачно, пахло табаком, старой мебелью и берлинской жидкостью от клопов. Быстро взяв комнату, Храповилов предупредил консьержа о хромой девушке, чтобы тот проводил её к нему, а подростка усадил на протёртый диван в прихожей зале на втором этаже, заказав ему лимонаду и указав тростью на дверь его комнаты, бывшей второй в совсем не освещённом, сумрачном коридоре. Едва Храповилов исчез в комнате, а подросток, расположившись, пригубил лимонад, снизу по лестнице поднялась хромая девушка. Своим мучнистым лицом с водянистыми глазами она стала обводить невзрачное, душное и прокуренное помещение прихожей, но подросток помог ей, подсказав нумер комнаты.

Кивнув ему в благодарность капором, девушка, подхрамывая, подошла к нужной двери и постучала. Дверь тут же отворилась, и раздался голос Храповилова:

— Прошу вас, радость моя!

Девушка скрылась за дверью. В коридоре стало тихо, подросток неторопливо, маленькими глотками отпивал лимонада, ставя стакан на круглый столик с потрескавшейся лакировкой, но не успел он ополовинить стакан, как в глубине нумеров глухо раздалось:

— Папенька!

Не удивившись знакомому голосу и более не прислушиваясь, юноша встал и вошёл в ту самую дверь. В тесной комнате, совсем затемнённой из-за сильно сдвинутых штор, он различил лежащих на кровати голых Храповилова и девушку.

— Папенька, направьте! — глухо и умоляюще проговорил Храповилов, не поворачиваясь к вошедшему.

Подросток приблизился к лежащим, протянул руку и сделал то, о чём попросил его Аристарх Лукьянович.

Обед у Храповиловых начался позже из-за их с подростком опоздания, что вызвало молчаливое неудовольствие маменьки, довольно пожилой дамы с сухим, морщинистым, по-северному бледным, в основном недовольным и как бы навсегда уставшим лицом, на котором был совсем не такой орлиный, как у её сына, нос, а вполне себе обыкновенный. Обедающих было четверо — Храповилов, маменька, сестра Храповилова Виктория и подросток. Сестра, младшая Аристарха Лукьяновича на восемнадцать лет, с детства страдала слабоумием и внешне была полной противоположностью брата: широкотелая, полная, с круглым, глупым, всегда слегка улыбающимся лицом, на которое чужим людям не очень хотелось долго смотреть, но домашние, естественно, уже давно привыкли и не удивлялись ни этому лицу, ни речам Виктории. Обед проходил в столовой, довольно тесной, заставленной по стенам четырьмя одинаковыми приземистыми комодами с посудой и бельём, на которых стояли старые подсвечники, треснутый бюст Вольтера да массивная и подробно отлитая в бронзе сцена псовой охоты на кабана, оставшаяся от проданного имения Храповиловых. Над бронзой на болотного цвета обоях столовой висел портрет деда Аристарха Лукьяновича в мундире бригадира Семёновского полка, очень схожего лицом и носом с внуком. Прислуживала за обедом кухарка Ксения, которая по совместительству исполняла и роль прислуги, на которую, как высказал два месяца назад Храповилов маменьке, «денег категорически и решительно нет». Деньги, конечно, были, но Аристарх Лукьянович, посетив в очередной раз Антониево-Дымский монастырь и покаявшись во грехах своих, решил таким образом исполнить один из наказов старца Глеба: «Не роскошествуй, сын мой».

— Ариша, надобно тебе навестить должницу нашу, — заговорила после долгого молчания маменька своим низким, как бы осевшим голосом, который был у неё таким всегда.

Поперхнувшись, Храповилов закашлялся.

— Вот, маменька, из-за вас чуть супом не подавился! — проговорил он с упрёком. — Всегда вы найдёте нужное мгновенье, чтобы напомнить о неприятном.

— Что же в этом неприятного? Ты же объявил нам новое семейное положение — исключительная экономия.

— Я имел в виду рачительный расход нашего бюджета. При чём здесь Анна Фёдоровна?

— При том, что она уж год как должна тебе восемьсот рублей.

— Вы же знаете, маменька, моё к ней отношение, причём знаете его хорошо!

— Но она должна, Ариша, она должница твоя, а стало быть, и наша!

Храповилов отложил ложку, которой ел суп.

— Маменька, я прошу вас не напоминать мне об Анне Фёдоровне!

— Ты не поедешь к ней?

— Нет!

Полуулыбка на лице Виктории растянулась в улыбку и, не переставая громко и неряшливо хлебать суп, она произнесла:

— Ты говоришь нет, а я скажу дед.

— Зачем, маменька, вы провоцируете меня на неприятности? — продолжал Храповилов, не обращая внимания на Викторию. — Мы же всё с вами решили об Анне Фёдоровне, решили ещё на Спас! Её положение вам хорошо известно, она весной мужа похоронила, жизнь её нынче суровая, хотя она и держится прекрасно, я же встретил её у Горских, но, понятно, это всё вынужденный, так сказать, оптимизм, masque de protection, она должна нам, вернее — мне, но она ищет общения, а я не готов ей дать его, у меня крайне мало энергии и времени на пустые разговоры с нею, вы тоже это знаете, я ценю своё время, и поверьте, оно стоит дороже этих восьмиста рублей, гораздо дороже, а как же-с!

— У тебя и со мной-то времени нет потолковать, не то что с Анной Фёдоровной. Как ты выразился давеча: мы, маменька, с вами не жабы у колодца?

— Я не жаба, — Храповилов снова принялся за суп.

— Ты говоришь жаба, а я скажу баба, — проговорила Виктория.

— Маменька, я готов толковать с вами о чём угодно в любое время дня и ночи.

— Ты преувеличиваешь, Ариша, — вздохнула она и перевела взгляд своих бесцветных глаз на подростка. — Он ведь часто всё преувеличивает, правда?

— Частенько, — пробормотал подросток, заканчивая суп.

— Ты кто? — вдруг спросила его Виктория.

— Я его отец, — спокойно ответил подросток.

— Я не преувеличиваю, а живу! — бросил на стол салфетку Храповилов. — Я, маменька, как вы уже изволили догадаться за эти пятьдесят четыре года, — романтик. И смотрю на вещи сквозь свой романтический волшебный кристалл. Это раздражает неромантиков, то бишь — почтенных обывателей, смотрящих на мир наш как на бакалейную лавку или на баденбаденский курорт. Ох уж эти почтенные обыватели! Nausée! Живут аки грибы. А нам, маменька, романтикам, важно не сколько прожить на этом свете, а — как!

— Ты говоришь как, а я говорю рак, — сказала Виктория, рыгнув и отодвигая пустую тарелку.

— Слыхали мы уж порядочно про твой волшебный кристалл, — с полуусмешкой продолжила маменька, взглядом ища поддержки у подростка. — Восемьсот рублей твоему кристаллу бы не повредили. Ярче б засверкал!

— Романтизм, маменька, это не восемьсот рублей! Не ваша расходная книжечка! Это — свобода, свобода прежде всего! Спросите у него! — тут он указал на бюст Вольтера. — Я благодарен Богу, что, несмотря на жестокое воспитание, ещё мальчиком понял, что такое свобода! Слава тебе, Господи!

Аристарх Лукьянович перекрестился, поднимая лицо кверху, где под потолком висела слишком громоздкая и разлапистая хрустальная люстра, тоже из бывшего имения.

— Ты опять про жестокое воспитание заговорил, — с неприязнью вздохнула маменька.

— Как же мне о нём не толковать, ежли оно имело место быть? — развёл руками Храповилов.

Маменька взяла лежащий на столе колокольчик, позвонила. Вошла Ксения, переменила тарелки и принялась подавать горячее. Всё это время маменька молчала. Когда кухарка вышла, она продолжила разговор:

— Жестокое воспитание! Старая твоя песенка. Ариша, ты же не помнишь себя ребёнком, а я помню. Мы с тобой рано остались одни, на меня легло слишком многое, я родила тебя двадцатилетней, а через два года мой муж жестоко бросил нас. Без отцовской руки, без мужского участия ты рос не просто свободным, а слишком свободным. Помнишь ли ты, как в один вечер побил все фонари в оранжерее?

— Фонари! — вскинул руки вверх Аристарх Лукьянович. — Маменька, вы на смертном одре не забудете этих проклятых фонарей!

— Если бы только фонари, — маменька улыбнулась подростку. — Однажды он, знаете, что удумал? К нам в Извары гости пожаловали, денёк майский, прекрасный, нагулялись, сыграли в воланы, садимся обедать, и тут выходит он, весь измазанный гречневой кашей. Все дара речи лишились! Я спрашиваю: что случилось, Ариша? А он и говорит: я, маменька, понял смысл Иисусовой молитвы — «Господи, Иисусе Христе, помилуй мя, грешного» — это значит, что я грешневый, то есть из гречневой каши слеплен, вот я, стало быть, и соответствовать решил молитве. И стоит, как чумиза, весь кашей перемазанный! Каков романтизм, а?

— Тогда уж, маменька, поведайте нам, как вы меня потом собственноручно высекли! — воскликнул Храповилов.

— Пришлось тебя посечь, увы.

— Собственноручно, собственноручно!

— Ну не конюха же мне было на это подряжать, Ариша?

— Вы секли меня не раз! — Аристарх Лукьянович откинулся на спинку стула и утвердительно упёрся в стол кулаками. — И вам нравилось сечь сына своего!

— Ерунду говоришь.

— Нравилось, нравилось! Вы, потомственная дворянка, секли сына своего, как крепостного Ивашку — серого сермяжку!

— Отцовской руки не было, потому и секла.

— Секла, секла меня, а, папенька? — Аристарх Лукьянович зло хохотнул и толкнул локтем сидящего рядом подростка. — На кушетке! Баба толстомордая и гувернантка-селёдка держат, а маменька — фить! фить! фить!

Он замахал рукой, изображая порку.

— Ты несносно вёл себя, поэтому и секла! — повысила голос маменька. — Чем тебя можно было окоротить?!

— Только розгой, только розгой! — зло расхохотался Храповилов и снова обратился к бюсту Вольтера: — Solution optimale!

Виктория, до этого жующая свинину с жареным картофелем, открыла рот, искривила по-детски свои толстые губы и заревела, роняя недожёванные куски изо рта.

— Ксения! — вскричала маменька и затрясла колокольчиком.

Кухарка быстро вошла. Виктория громко, совершенно по-детски ревела, содрогаясь беспомощно своими пухлыми, большими плечами. Привыкшая к таким приступам слёз кухарка молча отёрла ей рот и платье, выпачканное пищей, заставила приподняться и не без усилий увела в её комнату.

Аристарх Лукьянович тоже отёр себе рот салфеткой, скомкал, швырнул на стол, резко вставая со стула:

— Не лезет мне кусок в глотку, маменька, после ваших воспоминаний! Пойдёмте, папенька, нас ждут в Ассамблее!

— Аристарх, постой! — проговорила маменька.

— Увольте, maman, увольте...

— Постой! — выкрикнула она, и он нехотя остановился.

— Сядь, прошу тебя, — сказала она спокойно, выдержав паузу.

Он, рассерженный, раскрасневшийся, так же нехотя опустился на стул. Протянув через стол свою маленькую и сухощавую руку, она положила её на руку сына.

— Я уже многажды просила у тебя прощение. Ещё раз прости меня, Ариша. Я рассказывала тебе, мои родители меня не секли, а запирали за провинности в тёмную комнату. Там водились пауки. Мне было там страшно, иногда даже очень страшно. Думаю, лучше бы они меня секли...

Её подбородок задрожал, и слёзы показались в бесцветных старческих глазах. Аристарх Лукьянович не выносил маменькиных слёз, поэтому тут же вскочил, подбежал к ней и, опустившись на колени, припал губами к её руке:

— Простите, маменька.

Она же поцеловала его в лысоватую макушку, как мальчика.

— Вот так у нас... — пробормотала она, сквозь слёзы взглянув на подростка, как бы оправдываясь за всё происходящее, и обратилась к сыну: — Сядь, я что-то тебе скажу.

Аристарх Лукьянович снова занял своё место. Глаза его тоже увлажнились.

— Ариша, я хотела поговорить с тобой о твоих новых знакомых.

— Каких именно, маменька?

— С которыми встретила тебя третьего дня в Гостином.

Аристарх Лукьянович развёл руками:

— Это знакомые художники. Люди искусства.

Маменька внимательно посмотрела на него своими ещё не просохшими, но уже совсем не обиженными глазами:

— Они не были похожи на художников, Ариша.

— На кого же они были, по-вашему, похожи?

— На заговорщиков.

— Господь с вами, маменька!

— Он со мной, всегда со мной, — проговорила она твёрдо. — Знавала я художников, даже акварельки покупала у них. Они совсем другие.

— Маменька, но послушайте... заговорщики?! Это просто смешно! Вы судите по одежде? Художники, ежели они не Карл фон Брюллофф, не маринист Гайвазов, одеты небогато и одеты... художественно! А как же-с? Искусство, вечные ценности, свободные нравы, liberté!

— Я не на одежду смотрела, Ариша, а в глаза им, этим двум твоим знакомым. И глаза их мне очень не понравились.

— Маменька, есть люди с пренеприятнейшими глазами, хотя в душе — добряки. Фатеев, например, вам известный. Очень странный, непонятный взгляд у него, что-то инфернальное, вампирическое! А какая широкая душа!

— Оставь Фатеева. Эти двое смотрели так, словно мир хотят сотрясти. Зло смотрели. Зло в них сидит, Ариша. А ты у нас — душа доверчивая. Ведь доверчив он, правда? — спросила она подростка.

— В чём-то — весьма, — согласился тот.

— Маменька, папенька! — Аристарх Лукьянович прижал руки к груди, собираясь оправдываться, но она сделала ему запретительный знак своей сухопарой ладонью.

— Нынче политических процессов много стало. Революции государь наш боится, и правильно делает, правильно. Судят заговорщиков, а вместе с ними — и невиновных или мало виновных, которые вот так по доверчивости в их сети попадают и запутываются. Вот я о чём, Ариша. О доверчивости твоей и о твоём волшебном кристалле. Не хочется мне, чтобы волшебный кристалл твой по доверчивости твоей в сети опасной запутался. А там ведь — каторга! Слово-то уж само по себе страшное, а уж что там, в Сибири... ещё страшнее, знаю я, слыхала. Брось ты этих знакомых, послушай меня. Сердце матери видит многое, вспомни сон Богородицы.

Она перекрестилась.

За столом повисла тишина. Когда тихий ангел пролетел над этим столом, Аристарх Лукьянович вздохнул и произнёс с твёрдостью в голосе:

— Маменька, обещаю вам, что я порву знакомство с этими людьми.

К семи часам Храповилов и подросток отправились в так называемую «Банную ассамблею». Это было особенное отделение Воронинских бань в Фонарном переулке на Мойке, уже года полтора как арендованное у купца Воронина компанией отставных друзей-вояк и обустроенное на турецкий манер (может — кто знает — потому что все они побывали именно на Крымской войне, где и крепко передружились) и для особых удовольствий, посему закрытое для посторонних людей, вроде клуба по исключительным интересам. Компания была тесной и тёплой во всех смыслах, как случается между теми, кто в одно и то же время понюхал пороху, заглянул в глаза смерти, посылая против неё своих солдат да и сам подставляясь, вернулся живым, да ещё и в новых чинах. Банную ассамблею основали трое генералов — Шиловский, фон Корб и Аракелов, — бригадир Буров и полковник Филипповский. Все они, выйдя в отставку каждый в своё время, за исключением Филипповского, были людьми порядочно обеспеченными; самым богатым из них был Шиловский, доживающий свою генеральскую жизнь в капитальном доме на Садовой; фон Корб, крещённый в православие немец и истовый служака, потерявший на бастионах в Крыму руку, имел небольшой домик у Пяти углов, Аракелов проживал в своей деревне в Тверской губернии, бывая в столице наездами. Все пятеро считались безсупругими: кто овдовел рано, кто похоронил свою незабвенную недавно, а кто-то просто выгнал её с детьми «к мамаше в Орёл» и считал себя полноценным холостяком. В чью голову пришла идея Ассамблеи? Голова эта оказалась коллективной и выросла в роковой момент обороны Севастополя, в августе, когда всем стало ясно окончательно, что спасения от напора врага нет и быть не может, поражение и отступление неминуемы и потери во время его могут стать нешуточными — французские прощальные ядра и пули не пощадят ни рядовых, ни офицеров. Все пятеро, тогда ещё совсем не генералы, только один Шиловский был в ту пору полковником, выпив водки и местного портера, выпив брудершафт и поклявшись в вечной дружбе, поклялись также, что ежели выйдут из Крымской кампании живыми, то устроят себе такую жизнь, что все прошлые их жизни померкнут рядом с новой. И на вопрос дотошного фон Корба, какой именно жизнью должны будут зажить они, ответил Шиловский:

— Мы, брат, заживём новыми Неронами!

На том и порешили. При финальном сражении и отступлении ядром фон Корбу оторвало руку, а самого Шиловского посекло осколками, которые лекари потом долго и мучительно извлекали из его грузного тела. Несмотря на то что Крымская кампания была проиграна, все пятеро друзей были награждены, повышены в звании и успешно двинулись по служебной лестнице, но почти одновременно после воспоследовавших десяти лет службы все, как один, вышли в отставку. Зажить новыми Неронами сразу никому из них не удалось, разве что Аракелов отослал жену свою с тремя детьми к родителям в Орёл, сославшись на «чёрную гипохондрию», и месяца три кутил с цыганами, утешая гипохондрию шампанским и юными цыганками. Но образ Нерона, оживлённого фантазиями в том подвале, преследовал фронтовых товарищей, и как-то за ужином в клубе деловые мысли в их коллективной генеральской голове пришли в движение и отлились в слова «баня радостей земных», которые тут же превратились в Банную ассамблею. На новое предприятие скинулись соответственно средствам каждого участника, и через несколько месяцев строительных и организационных работ все пятеро генералов голыми вошли в их новый рай, мутный и влажный от турецкого мягкого пара.

Особенность этого нового парадиза заключалась в том, что в Банной ассамблее не предусматривалось банальных мыла и мочалок и вообще категорически запрещалось мыться. Кроме турецкого туманообразного пару, там ничего баню не напоминало. Но из этого белого тумана навстречу входящим генералам появлялись пятеро обитателей туманного рая — пять обнажённых девушек, отобранных друзьями с предельной тщательностью в заведении мадам Глаубтрой на Троицкой, и главное — девушек, готовых на всё в «бане радостей земных».

Естественно, Ассамблея была обустроена и существовала исключительно для райских наслаждений пяти друзей, но иногда кто-то из них мог позволить пригласить какого-нибудь хорошего знакомого. Именно таким «чрезвычайным приятелем» и стал для пятерых Аристарх Лукьянович Храповилов. С Филипповским он был дружен с детства, и для первого входа это многое решило. Для второго входа помог образ его героического деда-семёновца, о бурной жизни которого Храповилов мог говорить часами. В отличие от других посторонних гостей, промелькнувших раз-другой в Ассамблее, Аристарх Лукьянович сделался уже прочно шестым обитателем влажного рая, и постоянную дорогу сюда проложил себе он сам, без родственников и протекций, своим романтическим характером и неиссякаемой любовью к женским телам. Его речи о гедонистическом романтизме, о мире как воле и представлении, о женской *розовой* загадке полюбились генералам так же, как и пение под гитару Аракелова, грубые прибаутки Шиловского, философствование фон Корба, дружеская безотказность Бурова и неутомимое питие Филипповского (шампанское и вина в Ассамблее лились рекою). Манера поведения Храповилова во влажном раю, его порывистость, изысканность манер вкупе с наглостью, его вольнолюбие, бесстыдство и возвышенные объяснения в любви к банным нимфам, телесная стойкость и метания от хохота до слёз вкупе с речами о романтизме, за которые генералы промеж себя любовно и без всякого, впрочем, издевательского насмехательства называли его «наш романтический идиот», — всё это прочно сделало Аристарха Лукьяновича шестым. И главное — для этой компании он не являлся нисколько *соревнователем,* напротив, его участие в банном действе было всегда отмечено его особой, храповиловской честной деликатностью.

В восьмом часу ввечеру они с подростком, раздевшись в предбаннике, вошли в туманное тёплое пространство Ассамблеи. Генералы уже восседали голыми на кафельных выступах с бокалами в руках, бутылка шампанского стояла в ведёрке со льдом.

— Ба! Аристарх! — воскликнул Шиловский — грузный, полный, пятидесятишестилетний господин с властным, брылястым, бритым лицом, со складчатым жирным телом, уже намокшим и заблестевшим от пару.

В Ассамблее все были на «ты» и звали друг друга исключительно по имени.

— Bonsoir, messieurs! — громко приветствовал всех Храповилов.

Ему ответили, Буров сразу наполнил два бокала шампанским и протянул прибывшим. Наличие слуг в райском действе не предполагалось, бутылки откупоривал Буров — коренастый, мускулистый, хоть и пополневший по возрасту господин, малоразговорчивый и с как бы стёртым от былого *militariste* усердия усатым лицом.

— Quorum, господа! — воскликнул приветливый лицом Аракелов, также усатый, кудрявый, с проседью и телосложением похожий на Бурова.

Фон Корб — самый высокий и худой из всех, лысоватый, седой, с лицом сухим и гладким, взял в свою единственную руку морскую раковину, часть их непременного райского ритуала и приподнял торжественно.

— Кому трубить? — спросил Филипповский, маленький, круглый, с таким же складчатым, как и у Шиловского, телом.

— В прошлый раз я трубил, — заметил Аракелов.

— Дай-ка мне, Генрих! — Шиловский протянул толстую руку, взял раковину и, не приподнимая своего увесистого тела с кафельного выступа, затрубил в неё. Прошло совсем немного времени, и в тумане, словно призраки, возникли пять нагих девичьих тел. Они вошли в баню из своего, девичьего предбанника, где ждали трубного гласа. Войдя, они приблизились к сидящим, сделали пикантный книксен и хором пропели: Gaudium aeternum! Это было началом генеральских радостей. Буров наполнил пять бокалов шампанским, девушки их взяли и одновременно чокнулись с генералами, хором пропев: Voluptas aeterna! Осушив бокалы, они уселись на колени пятерым основателям Ассамблеи и принялись их целовать.

Храповилов и подросток сидели рядом со всеми.

— Пора бы подумать и о шестой нимфе! — с обидчивой насмешкой воскликнул Храповилов, но никто из генералов не ответил ему ввиду занятости ртов.

Подросток, сидевший, как и все, голым, заложив ногу на ногу, потягивая из бокала, смотрел на происходящее по-прежнему своим спокойным и как бы равнодушным взглядом, не выражая лицом ни удивления, ни заинтересованности.

Девушки, целующие генералов, были юны и прелестны, каждая по-своему; Адель, Ляля, Зизи, Соня и Надира имели приблизительно одинаковый возраст — до двадцати лет и похожее стройное, чисто девичье телосложение, за исключением Сони, полной девушки с большой грудью и заметными, уже совсем бабьими телесами. Их поцелуи и объятия подействовали на генералов, у которых произошло естественное воздымание плоти, и каждый стал пристраиваться к своей нимфе по-своему — кто спереди, кто сзади, а тучный Шиловский увлёк пухлую Соню на приуготовленную заранее специально для него циновку в уголке и навалился на девушку всей своею массою. Аристарх Лукьянович смотрел на это с явной завистью, но сдерживал себя, потягивая из бокала и с достоинством задирая нос; его плоть тоже восстала и требовала утешения.

— Надобно послать депешу из департамента генералам по поводу шестой нимфы! — нервно пошутил он.

Генералы были опытными любителями райских банных радостей, поэтому Храповилову пришлось подождать. Наконец Аракелов, оприходовавший Лялю, как он выражался, «в позе лани», задрожал седоватыми и уже совсем мокрыми от пару и собственного поту кудряшками и стал бормотать что-то ему одному понятное. Аристарх Лукьянович тут же поставил бокал и вскочил, приготовившись. Вскоре Аракелов, тяжело дыша, уступил ему место, и Ляля, полуобернувшись, сказала:

— S'il vous plaît, mon général!

Храповилов тут же подошёл, чтобы сделаться её оленем, на ходу обращаясь к подростку:

— Папенька, направьте!

Подросток подошёл и направил; Аристарх Лукьянович обхватил нетерпеливо сзади прелестную Лялю и предался наслаждению. Вторым изнемог и застонал Филипповский, потом Буров прорычал finita! и задёргался мускулистым, намокшим телом на Адели. Фон Корб же по-немецки сосредоточенно и нерасточительно трудился над Зизи, и его гладкое лицо ничего особого не выражало.

Едва Шиловский краем глаза заметил, что некоторые друзья его уже *метнули первое ядро*, он забормотал призывно и просительно:

— Ата-та! Ата-та!

Это был сигнал, знакомый уже всем собравшимся. Шиловского за глаза ещё до Крымской кампании офицеры-сослуживцы прозвали «полковник Атата» из его любви к экзекуциям шпицрутенами. Полковник со всей серьёзностью относился к наказаниям и проводил их в своём полку со всею строгостью и с полнейшим соблюдением ритуала. Провинившегося солдата, обнажённого по пояс, привязывали за руки к двум ружейным прикладам, и двое солдат вели его сквозь сотню выстроившихся в две шеренги солдат со шпицрутенами в руках. Эти шпицрутены немного отличались от полагающихся по уставу, в этом было самовольство Шиловского. По уставу шпицрутены нарезались из ивняка и толщиною должны быть такой, чтобы три прута влезали в ствол солдатского ружья. Шиловскому такая толщина показалась архимизерной и недостаточной для полноценного наказания. «Такой прут до совести преступника не пробьёт!» — сообщил он подчинённым и приказал резать пруты потолще и не из ивняка, а из орешника. Была создана команда резальщиков шпицрутенов, которая должна была отыскать нужные заросли орешника и наре́зать сто прутов толщиной в указательный палец Шиловского. Деревянный эталон пальца полковника командир команды резальщиков, фельдфебель Исаев, носил всегда с собой, как ключ от государственного кабинета-хранилища, где лежат в виде драгоценных золотых слитков военные звания, в том числе и звание подпоручика. Такой прут один помещался в дуле ружья, и Шиловского это воодушевляло. Под барабанный бой сотня наносила по спине солдату сто ударов ореховыми шпицрутенами. Это было минимальным, самым гуманным наказанием. Сильно провинившихся, как, например, злостных воров или дерзителей начальству, водили через роту по пять-шесть раз, а случалось, что особо провинившиеся, как дезертиры, получали и тысячу ударов. После трёхразового проведения сквозь строй приговорённый, как правило, уже не мог сам идти, и двое его сослуживцев, ставших ангелами истязания, просто волокли его сквозь строй на ружьях. Пятьсот ударов сдирали кожу со спины несчастного, а принявший тысячу шпицрутенов представлял собой ужасное зрелище — кровавое мясо клочьями слезало с костей спины, после чего бездыханного солдата несли не в лазарет, а на полковое кладбище.

Когда сотня, куда Шиловский отбирал самых рослых и сильных солдат своего полка, выстраивалась в две шеренги для проведения экзекуции, Шиловский прохаживался вдоль, заложив руки за спину, и выкрикивал:

— Répéter! Répéter!

Экзекуторы должны были со свистом и всей силою рассекать воздух шпицрутенами, готовясь к процессу наказания, а в это время приговорённого здесь же обнажали, а руки его привязывали к ружьям. Этот зловещий свист ореховых прутьев Шиловский уважал; в его сознании выстраивалась пирамида важного государственного дела — наказания за преступление, в котором он ощущал себя рукою государя, сиятельной вершины той пирамиды, которой полковник служил со всею преданностью.

Во время экзекуции он так же прохаживался вдоль рядов, но выкрикивал уже другое, в такт барабану:

— Ата-та! Ата-та! Ата-та!

За это словцо его и прозвали офицеры, и не только его полка, Полковник Атата. В Банной ассамблее «ата-та» Шиловского означало совсем другое, в некотором роде и буквально — противоположное полковым будням. Едва две освободившиеся девушки — Надира и Адель — услышали возглас генерала, как сразу вынули из стоящего в уголке ведёрка два нетолстых пучка размоченных берёзовых розог, опустились на колени возле трудящегося над Соней Шиловского и принялись с двух сторон сечь его по массивному заду, колыхающемуся от естественных телодвижений. Генерал застонал от удовольствия и, как североморский морж, задвигался быстрее на совершенно расплющенной его массой Соне, а потом закряхтел, замер, ухнул и громко, хоть и кратко, испустил нутряные газы, что вызвало традиционные в этом случае аплодисменты девушек.

Настонавшись на Соне, Шиловский отвалился с неё на пол, лёг на спину и пропел начальное четверостишье из «Гром победы раздавайся!». В это время из всех обитателей рая только двое ещё не завершили соитие — Храповилов и фон Корб. Завершившие приложились к шампанскому, но ненадолго — вскоре коренастому Бурову снова захотелось наслаждения, и он, уложив на циновку всё ту же Соню, погрузился в её пышные телеса. Фон Корб, завершив den Vorgang без каких-либо звуков, снял с шеи кольцо из рук обнимающей его Зизи, ссадил её с себя и налил себе шампанского. Храповилов задрожал всем своим поджарым телом, забормотал: «А как же-с? А как же-с?» и испустил протяжный стон, запрокидывая голову.

— Папенька, шампанского... — пролепетал он, отпуская талию прелестной Ляли.

Подросток наполнил ему бокал. По уставу Банной ассамблеи девушкам полагались только два бокала шампанского, в самом начале — и в конце. В промежутках между совокуплениями для подкрепления сил они пили медовую воду и пригубливали острую водку, настоянную на кайенском перце.

Действо продолжалось, генералы менялись девушками, Шиловского охаживали розгами, Аракелов, поставив одну девушку в «позу лани», требовал, чтобы другая «атаковала с тыла» — то есть пихала сзади его своим телом, усиливая и обостряя процесс соития. И несколько раз за вечер слышал подросток от Аристарха Лукьяновича знакомое: «Папенька, направьте!»

Наконец, когда мужчины полностью обессилели, девушки окатили их тёплой водою, обернули простынями, усадили на выступ, а сами с заслуженными бокалами шампанского уселись на пол у их ног, как одалиски; была также принесена гитара из предбанника. Аракелов взял её, поднастроил, затеребил струны и запел приятным баритоном:

> Ради бога, трубку дай,
> Ставь бутылки перед нами,
> Всех наездников сзывай
> С закрученными усами.

Уставшие, измождённые «райской жизнью» и *метанием липких ядер* генералы и Храповилов слушали его, с облегчением прикладываясь к холодным бокалам; девушки внизу, у их ног, перешёптывались о своём и тихо чокались, выпивая, отчего этот слабый перезвон смешивался со звоном струн. Аракелов хорошо пел и играл; в своём артиллерийском полку он был со своей гитарой душой компании, хотя и не слыл остряком и рассказчиком, да и в карты ему не везло; острили, выигрывали и рассказывали истории другие офицеры, например, блистательный штабс-капитан Воронцов, а он лишь пел и играл, причём всегда песни про гусаров. Когда же сослуживцы спрашивали его насчёт хоть единой песни про артиллеристов, он отвечал одно и то же:

— Братцы, про бомбометание пока не сочинилось.

Спев подряд три гусарские песни, он громко запел всеми любимую:

> Спит девица и не чует,
> Что на ней гусар ночует!

Во время этой песенки генералы принялись щипать девушек за груди и плечи, те со смехом отбивались от «патрициев», прыская в них изо рта шампанским. Особенно усердствовал в щипках за «места потаённыя» Шиловский, нарочито рыча при этом и корча грозные рожи, напоминающие китайских демонов из чайных лавок. Веселье кончилось вместе со скабрёзной песенкой, и Аракелов, сделав серьёзное и значительное лицо, возвёл глаза к сводчатому потолку и затянул грустное, уже своё:

> Прошла весна, любовь ушла, не воротилась.
> Слеза катилась по щеке, слеза катилась.
> Душа моя, ты, как шлафрок, поизносилась,
> Слеза катилась по щеке, слеза катилась.

В это время Ляля встала и с бокалом в руке подошла к сидящему чуть поодаль подростку.

— Вы снова загрустили, mon général! — произнесла она. —
Как жаль, что мы вам не интересны.

Подросток взглянул на неё. Голубоглазая, русокудрая
Ляля была дивно хороша и красотой, статностью своею
превосходила остальных девушек; впрочем, превосходила
и не только внешностью, но и притягательным необычным
голосом, который проистекал как бы из глубины её молодой
груди, как у певиц, заставляя вспоминать оперные действа.
Она говорила спокойно, растягивая слова, всегда с полуулыбкой, и в голосе её было что-то завораживающее, что
сразу пленяло.

— Отчего же вы отказываетесь от нашей нежности? —
спросила она, присаживаясь рядом с подростком. — Вам по
возрасту уже пора отведать женских прелестей.

— Не трать время зря! — громко посоветовал ей Храповилов.

Подросток молчал. Ляля вдруг приложила губы к уху подростка и прошептала серьёзно:

— Мне непременно надобно с вами увидеться и поговорить.
Это чрезвычайно важно для меня.

Подросток хотел ей ответить, но она, продолжая улыбаться, скосила глаза на остальных, давая ему понять, что говорит
с ним тайно.

— Я всегда занят моим сыном, — негромко ответил подросток.

— Когда же вы свободны?

— Пожалуй, только по ночам, когда он спит.

Она задумалась, пригубливая шампанское. Аракелов пел и пел свою тоскливую песню, которой далеко не все «Нероны» были рады.

— Нынче в полночь на Аничковом мосту? — спросила она.

— Если он заснёт поздно, я могу опоздать, — ответил подросток.

— Я дождусь вас, не беспокойтесь, — произнесла она полушёпотом, встала и уже громко, для всех протянула своим грудным голосом: — Ах, как жаль!

Как уж случалось не раз после Ассамблеи, Храповилов и подросток не поехали ночевать домой к себе на Васильевский, а отправились к Шиловскому, жившему совсем неподалёку на Садовой в своём большом доме и всегда приглашавшему Храповилова «разделить холостяцкий уют». Закусив, выпив рому и даже сыграв партию на бильярде с хозяином, удовлетворённый и уставший Аристарх Лукьянович завалился спать, Шиловский также удалился к себе в спальню. Подросток, дождавшись, когда напольные часы в гостиной кратко прозвенели без четверти двенадцать, растолкал дремавшего на своей лежанке слугу Шиловского, оделся, вышел на Садовую, свернул на Невский и направился к Аничкову мосту.

К ночи выпал снег, небо прояснилось, и луна ярко освещала пустынные улицы города. Подросток быстро дошёл до моста. На нём было пусто; лишь на другом конце будочник прохаживался возле своей полосатой будки. Подросток дошёл до середины моста, остановился, услышал шаги позади себя и обернулся. Ляля шла к нему по его следам.

— Как же славно, что вы пришли! — воскликнула она, подходя.

Луна хорошо осветила всю её фигуру в тёмном платье, меховой короткой шубке и небольшой шляпке-таблетке, из-под которой свисали и красиво ложились ей на плечи русые густые волосы. Красивое лицо её порозовело от холоду, голубые глаза блестели.

— Я так благодарна вам, что вы согласились, — продолжила она, — но, простите, я даже не знаю вашего имени. Как мне вас величать?

— Просто Иван, — ответил он.

— А по отчеству?

— Мадмуазель, я гораздо младше вас, так что зовите меня Иваном.

— Хорошо. А я — Александра, Саша. Можно — Сашенька. Ляля я только в заведении. Иван, вы не против немного пройтись со мной и поговорить?

— Для этого я и пришёл.

— Прекрасно!

Она взяла его под руку, и они пошли по ночному проспекту.

— Мысли мои путаются, — продолжала она своим грудным, протяжным голосом. — Знаете, Иван, я по Невскому шла за вами. Заметила вас издали, хотела было догнать, даже побежала, а потом как-то стыдно стало и решила уже встретиться на месте. Вы для меня — человек совершенно загадочный. Впрочем, не только для меня. Подруги тоже спрашивают: кто он? И не понимают. И я не понимаю.

— Вы для этого решили встретиться со мною?

— Нет, нет, что вы! — она сжала его локоть. — Это я так, глупости говорю, болтаю лишнего. Вы всегда в Ассамблее эдак покойно сидеть изволите, словно вас всё это вообще никак не касается. В этом загадка главная! А вторая загадка — что вы всегда с генералом вашим. Генералы говорят, что вы его отец. Это правда сын ваш?

— Да, это мой сын. И он совсем не генерал.

— Отчего же вы там с ним? Или он один с нами не справится?

— Я всегда с ним.

— Отчего?

— Так надо.

Она смолкла. Они пошли молча, только свежий снег хрустел у них под ногами.

— Хорошо, это ваша тайна. Пусть! У всех свои тайны имеются. Не будем боле о том толковать. Я вас повидала достаточно уж, насмотрелась на вас, как вы всегда сидите ото всех подале, так сидите, сидите неподвижно, как... и не знаю, как это определить! Сфинксу египетскому подобны или ангелу! Вроде вы нас всех не укоряете, не осуждаете, а просто сидите, словно вам нет дела до всех до нас, но мне, мне всегда так... — она сбилась, покачала головой, сжимая локоть Ивана, — так стыдно смотреть на вас! За себя стыдно ужасно! И больно, больно!

Голос её задрожал, и она прижала руку к своим губам.

— Сашенька, я вас всех совсем не осуждаю, — проговорил подросток.

— Правда? — оживились она. — Совсем-совсем?

— Совсем-совсем. Это — ваша жизнь. Меня одно заботит — Аристарх. Ради него я посещаю Банную ассамблею.

Сашенька вздохнула. Они шли некоторое время молча.

— А мне всё равно стыдно, когда вы рядом. Поэтому там, в Ассамблее, я себе зарок дала — не смотреть на вас. Мне так легче всё это творить, легче блудом заниматься.

— Вы давно этим занимаетесь?

— Второй год как уж.

— Вас нужда заставила?

— Именно так, именно так-с. Но не только нужда... — голос её снова дрогнул, — но и подлость! Подлость моя!

Она заплакала. Они остановились. Мимо них прошла компания подвыпивших студентов, кто-то из них стал отпускать шутки по адресу Ивана и Сашеньки, послышалось: «С кем связалась-то, а?» Сашенька стояла, плача, не закрывая лица руками, Иван видел её слёзы, которые делали лицо её в ночи ещё более красивым. Он молчал. Студенты, шумя, пошли к мосту и было слышно, как потом будочник прикрикнул на них, чтобы не слишком шумели.

Сашенька достала платок, отёрла слёзы, вздохнула и сжала руку Ивана, предлагая пойти. Они двинулись дальше по Невскому.

— Я этот год последний всё думала, кому бы рассказать? Подруги у меня есть, но им рассказывать тайны свои глупо как-то. У них своих тайн хватает, сами такое порасскажут... На исповеди молчала об этом, просто каялась, что блудница, этим зарабатываю, батюшка *наш* причастия не лишил, слава богу, но положил канон покаянный читать и сто поклонов каждый день. Сто поклонов кладу ежедневно. Но тайну свою я ему не поведала. А вам хочу поведать. Я так и думаю, когда засыпаю, что вот день настанет — и юноше этому, который, как ангел голенький всегда сидит, я всё и расскажу.

— Сашенька, я не ангел, — ответил Иван.

— Это неважно, неважно! Думайте о себе, как хотите, право ваше, но главное — для меня вы ангел. Это я так хочу, я так назвала вас в себе, я решила, и пусть будет. Пусть так и будет!

Она резко остановилась и притопнула.

— Вы, Иван, может, и не знаете, что вы ангел, а матушка моя всегда говорила, что ангелы промеж нас ходят, помогают, направляют, да мы их в людях-то не видим, не дано нам. В этом мудрость Божья, промысел Его.

— Хорошо, считайте меня сфинксом или ангелом, я не против, — усмехнулся Иван.

— Ну и славно! Тогда послушайте меня, ангел. Сейчас... Мысли путаются. Столько раз думала, как да с чего начать, даже план наметила, план, а сейчас, стыд какой, пусто в голове! Scham, Александра, Schande! Нет, погодите! Начну. И вот с кого — с папаши. Хотя нет, нет, не с него! Начну с маменьки, это правильней. Моя mamachen, упокой, Господи, её душу (она перекрестилась), хоть и православной была, но сама — немка из Ревеля, где они с папашей и познакомились. Папаша сам русский, из Твери. Мама в Ревеле в немецкой общине жила, но папаша в неё влюбился сильно и увёз её тайно в Санкт-Петербург. Почему тайно? Да потому что родители её бы никогда не благословили, очень строгий отец у неё был, наказывал её часто. Немцы в наказаниях с детьми построже русских будут. В общем, бежали они с папашей. У нас она во Владимирском в православие окрестилась, потом обвенчались они. Папаша тогда был приличным человеком, служил, достаток имел и вёл себя достойно. Мама родила ему нас четверых: Алёшу, Ивана, Митю да меня. Но из четверых только я выжила, братики умирали, каждый по-своему и в своё время. Ужасно это, Иван! Алёшу я помню, а двое умерли ещё до меня. Папенька чиновником служил в таможенном департаменте, хорошо там получал, на всё нам хватало, кроме излишеств, тогда всё хорошо и благополучно было у нас в семействе. Меня мама сама грамоте учила и немецкому языку, а когда девять лет мне исполнилось, определила меня в Annenschule. До тринадцати лет я там проучилась, а потом... потом беда к нам в семейство пришла, беда большая...

Она помолчала, но затем продолжила.

— Начальник папаши был в казнокрадстве обвинён, под суд попал, а папаша проходил сперва как свидетель, а потом определили его и в соучастники. Два месяца следствие шло, потом суд, начальнику каторгу присудили, а папашу присяжные оправдали, ангелы Божии помогли, и ничего ему не присудили, но из департамента всё равно уволили, начальство руку свою чёрную к сему приложило. Устроился он на почту на двадцать пять рублей. Семейство у нас хоть и небольшое было, а денег не стало хватать. Папаша запил. Неделю работает, а на выходные пьёт. Пьяницей горьким сделался. Мама всегда молилась, чтобы его не погнали с новой службы. Стали мы бедствовать. Но я не про бедность, не про бедность! — воскликнула она, притопнула на ходу как бы на себя и негодующе встряхнула своим красивым лицом. — Не про то! Кто не беден? Вон ваш генерал, тот, что песни поёт, говорил другому: друг мой, не представляешь, как я нынче с долгами просачился.

Она вздохнула.

— Это, Иван, не про деньги история, а про страшных людей.

— Страшных людей? — переспросил Иван.

— Да, да, именно. Папеньку от пьянства удар хватил, три дня пролежал недвижным, а на четвёртый преставился. Пенсии ему не полагалось на новом месте. Маменька стала шитьём да вязанием подрабатывать, рукоделицей она была прекрасной, немка всё-таки, да что с того толку? Деньги невеликие, вспоможение семье небольшое. Совсем мы обнищали тогда. И тут, как на грех, одна дама, которой мама связала две кофты, познакомила её с одним господином, Фёдором Константиновичем Крахмаловым. Он был коммерсант, с достатком, торговал сукном, красками, жил на Пряжке один в пяти комнатах, был вдовцом, жену похоронил. В общем, довольно скоро сделал он маме предложение. Не знаю, влюбился ли он или просто надоело ему одному в своих пяти комнатах аукаться, не знаю, хотя, право, маменька моя — красавица, волосы и глаза у меня её, в неё влюбиться легко можно было. Сыграли свадьбу, переехали жить к нему. Зажили мы вроде хорошо, в достатке, но этот человек, Фёдор Константинович, он, как бы вам сказать... в нём было какое-то второе дно, как таможенники говорят. Вроде и смотрит тепло и улыбается, а что-то в этом странное, что-то не то, словно в нём ещё один человек живёт, спрятанный, тёмный человек. Повёл Фёдор Константинович меня в Annenschule восстанавливаться, а я от класса своего на два года отстала! Предложили к младшим зачислить, так мне стыдно стало — промеж девочек дылдой сидеть. Отказалась. Тогда устроил он меня в Мариинскую гимназию. Да и её не пришлось мне окончить, вот я какая!

Она нервно рассмеялась, остановилась и резко развернулась к Ивану.

— Я взбалмошной вам кажусь?

— Что вы, отчего же?

— Бормочу что-то подряд, ангелу рассказываю. Зачем же? Ангелы и так всё про всех знают.

Иван помолчал, разглядывая её возбуждённое и красивое лицо, которое над ним нависало в полумраке переулка, куда они свернули. Сашенька была выше его и со своими светлыми кудрями, голубыми глазами более походила на ангела, чем Иван.

— Ангелы, возможно, знают, а сфинксы — нет, — ответил он. Она снова нервно засмеялась, словно воскликнула что-то, вздохнула, схватила его под руку и повела дальше по переулку.

— Всё началось с той самой ночи, — продолжила Сашенька. — Это была третья ночь на Рождество, очень холодная ночь. У Фёдора Константиновича в квартире топили всегда хорошо, и на ночь протопили, как обычно, а всё равно в гладильной в кувшине к утру вода льдинкой заросла. И приснился мне в ту ночь сон удивительный. Снится мне, что я проснулась от холода и захотела, pardon, на ночную вазу. Я ищу её под кроватью, но вазы там нет, я понимаю, что служанка наша, Оля, забыла её в уборной. И я иду сама в уборную по коридору, холодному, очень холодному коридору, тёмному, как по подземелью, иду без свечки, а коридор этот всё длится и никак кончиться не может, длинный, но узкий, и я уже понимаю, что и назад воротиться не могу, а вперёд уже и идти страшно становится, сердце стынет, но надо же идти! Иду я, иду и вижу впереди беленькое пятнышко. Подхожу ближе, а это пятнышко — ночная сорочка девочки, которая там стоит в темноте коридорной. Я подхожу и вижу, что у девочки в руке резиновый крокодильчик, который был у меня в детстве. Совсем забыла про него, а ведь он был тогда! И когда мама меня купала, я с крокодильчиком была всегда. А потом он пропал куда-то, да и я выросла. И девочка эта мне протягивает этого крокодильчика. И я вдруг понимаю всем существом своим, что девочка эта — я сама. Я руку к ней, то есть — к себе протягиваю, а крокодильчик вдруг меня кусает. И я проснулась. И что же? Я босая стою в тёмном коридоре в ночной сорочке, а передо мной стоит Крахмалов в шлафроке и с ночником в руке. И это уже был не сон. Он меня спрашивает: что ты делаешь возле нашей спальни? И я действительно стою возле их двери самой! Я ему сказала, что пошла по нужде в уборную. У тебя разве нет ночного горшка? Нет, говорю. Он меня тогда взял за руку, отвёл в мою спальню, заглянул под кровать, ночником посветил. А горшок-то на месте, представляете?! Мне так стыдно стало. И Фёдор Константинович говорит: зачем ты лжёшь? Я стала оправдываться, но всё это было так глупо с моей стороны, так беспомощно! Горшочек-то был под кроватью! Мне просто приснилось, что его нет! И как же я так пошла ночью, как лунатик? А он взял меня за руку и заговорил так сурово, что я сразу увидала того человека тёмного, что в нём всегда подозревала. И тот тёмный человек говорит: я достоверно знаю, что ты ночами подглядываешь в замочный пробой нашей спальной двери и следишь, что мы делаем с твоей мамой в постели, ты видела нас голых за актом нашей близости, тайным актом; ежели ты сейчас примешься отпираться, я разбужу твою маму и всё расскажу ей, а ежели честно признаешься в содеянном, то никогда ничего ей не скажу и это навсегда между нами останется. Я внутри вся замерла тогда от страха, что он сейчас маму пойдёт будить и всё ей расскажет, а мне придётся оправдываться в том, что я не делала, и это будет так тяжко и стыдно, что у меня сердце разорвётся, и я маму ужасно огорчу всем этим. И ответила я: да, правда, я подсматривала за вами. И словно что-то рухнуло во мне, рухнула моя защита от тёмного человека. И он спокойно говорит: вот и хорошо. Притворил дверь, поставил ночник на комод, сам сел на стул и говорит: «Саша, ты нас видала голыми достаточно, а теперь я хочу посмотреть на тебя голую, раздевайся. А сам сидит спокойно и улыбается. И тёмного человека как бы и не было в нём. Раздевайся, Сашенька, раздевайся». И я сорочку сняла. Он говорит так же спокойно и как-то по-отечески: «Вот и хорошо, Сашенька». И на меня всю смотрит, смотрит. Взял ночник и светит на меня, голую, и меня рассматривает. Потом взял меня за руку, к себе поближе подвёл и стал меня гладить рукой, а сам говорит: «Саша, теперь у нас с тобой будет своя великая тайна, которую мама знать не должна, эта тайна называется Нежность. И от тайны этой будет хорошо тебе и мне; ты пока ещё девочка, но года через два, три уже можешь и замуж пойти и стать женщиной; так вот, эта наша тайная Нежность поможет тебе в будущем получать всю полноту наслаждения от любимого человека и ему давать высшее наслаждение». Он так сказал, а потом стал трогать меня...

Она остановилась, голос её задрожал, она всхлипнула, рука её сильно сжала Иванову руку. Достав платочек, Сашенька отёрла слёзы и снова топнула на себя:

— Да! Что ж теперь нюниться да лимониться? Было так было!

Иван молча смотрел на неё. Она вздохнула, оглядываясь, словно ища своими красивыми глазами свидетеля или соглядателя для поддержки. Но вокруг была пустынная, заснеженная улица с тёмными окнами домов.

Придя в себя, Сашенька достала платочек, отёрла глаза.

— В общем, укусил меня за пальчик чёртов крокодильчик! — воскликнула она с нервным смешком. — И началась, дорогой мой ангел, он же сфинкс, тайная жизнь моя с господином Крахмаловым. С той ночи стал он меня, как он выразился, нежности учить. Когда мама уходила куда-то, запирался он со мной в моей комнате, раздевал и трогал, и целовал меня всю, зацеловывал. Иногда ночью приходил, будил и тоже трогал и целовал. А ещё любил сесть на стул перед зеркалом, что у меня на шкапу платяном, посадить меня голенькую на колени и разглядывать в зеркале. О, это зеркало! Уже потом, когда всё страшное у нас случилось, я его расколотить хотела, да не смогла. Почему — спросите? А потому что скоро всё это... все эти уроки нежности мне нравиться стали. Вот ужас-то в чём! Кто не любит нежность? Все твари земные любят, каждый котёнок, каждая собачонка. Вот и я! Да и на подарки он тогда не скупился, только платьев одних у меня стало восемь, мама ему выговаривала: балуешь ты Сашеньку, а он ей — такую красавицу непременно надобно баловать. И льстило мне это, Иван, ох как льстило! Как же просто девушке польстить! Льстил и трогал. Вы спросите, а как же Бог? Фёдор Константинович и с Богом для меня всё решил. Так мне сказал: «Сашенька, нежность — не грех, так что на исповеди про это даже и не говори, и про нашу тайну тоже не говори ничего, потому что это наша семейная тайна, в ней никакого греха нет, а то, что мама этого не знает, — это временно, а когда ты замуж пойдёшь, тогда всё маме и расскажешь, и я сам расскажу, а вот сейчас надобно молчать и не расстраивать маму». Так мы с ним полгода и прожили в уроках нежности да в нашей тайне, а потом в одну ночь, когда маменька уехала в Ригу к доктору Лемке по женским делам, лишил меня Фёдор Константинович невинности. Вроде первой брачной ночи. И с тех пор до самой маминой кончины жил он со мной как с тайной любовницей своей.

Она снова замолчала, взяла Ивана под руку и они, до этого стоявшие в тёмном переулке на месте, пошли дальше. После напряжённого молчания Сашенька заговорила совсем спокойным голосом:

— Вы спросите: а как же мама? Не догадывалась? В том-то и дело, что совсем не догадывалась. Сперва мне страшно было, что она непременно узнает, сразу узнает, догадается, поймёт, как же не узнать?! Я за завтраком, бывало, сижу и глаз поднять не смею на неё, лишь бы она побольше с мужем со своим говорила, только бы не смотреть на неё, только б не смотреть! А она смотрит на меня, как прежде: Сашенька, Сашенька... А что же по ночам делает твоя Сашенька?! Я вся внутри леденею, а Фёдор Константинович — само спокойствие! Говорит, шутит, читает «Ведомости» вслух за завтраком, потом спокойно по делам своим торговым едет. Такая жизнь началась. А человек, Иван, так устроен, что привыкает ко всему. Тем более что у нас в семье тогда всё благополучно было — достаток, кухарка, прислуга, летом — на дачу в Келломяки, ну и гимназия моя. Любила я её, училась хорошо, старалась. А когда девочки наши мальчиков обсуждали, да и не только мальчиков, а мужчин и женщин, как у них в постели всё тайное происходить должно, я с ними говорила, конечно, но внутри себя смеялась.

Знали бы мои однокашницы, какова их Сашенька! Время шло, уроки нежности продолжались, а я внутри себя нашла оправдание хорошее и уцепилась за него, как за круг спасительный: я маму заслоняю собой от тёмного человека, так как, ежели б не я, то он бы, этот человек страшный, полез бы из подпола крахмаловского на неё и заел бы её до смерти. Вот такое самооправдание себе придумала и за него уцепилась. И стало мне полегче, а потом — совсем легко и покойно внутри. Стала про будущее думать и подумала, что попрошу маму пораньше меня замуж выдать, выйду замуж за хорошего человека, там всё забуду, сотру всё прошлое, начну жизнь с белой странички, рожу детей и всё, всё забуду, все эти зеркала и нежные уроки. Но всё, Иван, развернулось вмиг совсем по-другому, страшно развернулось, ужасно. День тот я до самой смерти помнить буду во всех мелочах. Это на Сретение случилось, тогда сперва оттепель пришла, а ночью мороз ударил и сделался дождь ледяной да с градом. А напротив нас через улицу в мансарде под крышею было ателье французского художника, портретиста, месье Робийара. У него окно было в полкрыши, всё застеклённое, так град ему ночью той стёкла побил. А днём они стали новые стёкла вставлять, подвезли те новые стёкла в ящиках со стружкою и на верёвках их на крышу и подняли. Но крыша-то вся оледенела за ночь, да и всё вокруг как глазурью пасхальной полито было — и балконы, и отливы, и вся мостовая блестит подо льдом, как у Пушкина! И надо же случиться так, что маменька в тот самый момент, когда они ящики на крыше вскрывать принялись, вышла из парадного нашего, она должна была к парикмахеру идти на Невский, договорилась ещё загодя. И только вышла она, как ящик один на крыше раскрыли да сами на крышу и попадали, поскользнулись, а стёкла-то из ящика поползли — сперва на крышу, а там — лёд сплошной, да по льду-то и вниз. И один рабочий закричал сверху: берегись! Стёкла вниз полетели, маменька услыхала крик, стёкла увидала, да от них прочь кинулась, а мостовая-то — ледышка!

Маменька поскользнулась да со всего маха навзничь упала и головою — о выступ проклятый.

Сашенька всхлипнула, прижала руки ко рту и шла так некоторое время.

— Принесли маменьку домой, положили на кровать. Говорить не может, глаз не открывает, стонет только, и всё. Фёдора Константиновича дома не было, послали за ним и за доктором Шварцем, маминым знакомым, добрым, хорошим человеком. Первым доктор и приехал, сразу маме лёд к голове приложил, примочку на виски. А у мамы глаза заплыли совсем. Я на коленях стою, держу её руку, молюсь. Приехал Крахмалов, вошёл и застыл, как столб. Стоит, словно он тоже головой ударился, слово сказать не может. Но потом-то я поняла, отчего он так остолбенел! Скажу вам после, Иван, чтобы всё по порядку было. Я на коленях стою, руку мамину держу и вдруг почувствовала, что мамочка нас покидает, слабеет. И я решила у неё прощения попросить за всё и говорю ей:

— Liebe Mutti, vergib mir alle meine Sünden…

И вдруг мне в плечи клещи железные впились! Это Крахмалов меня за плечи сзади схватил, чтобы, значит, молчала я. Он думал, что сейчас маменьке на смертном одре я исповедуюсь да и расскажу всё. Схватил он меня, как коршун, и держит. И по этим рукам его стальным поняла я, что человек этот меня теперь уж никак не отпустит.

Она замолчала на некоторое время, затем продолжила со вздохом:

— В общем, маменька моя отошла ко Господу на следующую ночь. Похоронили на Охтинском. Сорок дней как во сне прошли. Крахмалов ко мне не прикоснулся, даже как-то шарахался от меня, обходил, словно опасался; зато маменька его и тётки обо мне заботились, успокаивали, рядом были. Они у него все люди хорошие оказались, слава богу. И как только сороковины справили, проводили мамину душеньку, служанка с зеркал занавеси поснимала, является наутро ко мне в комнату Фёдор Константинович с коробочкой бархатной.

Открывает коробочку, а там кольцо с сердечком бриллиантовым. Встаёт он передо мной на колени и говорит, что просит меня стать его женою.

Сашенька остановилась, засмеялась нервно и зло и снова на себя топнула, чтобы смех этот прекратить.

— Простите, Иван, меня... Вот, значит, так он на коленях стоит, я перед ним стою и вижу в зеркале шкапа наши с ним отражения. И как бы смотрю на это всё из этого зеркала, которому он столько раз меня голенькой показывал, да гладил, да разные слова говорил вроде: разведи свои ножки, Сашенька, разведи пошире, не бойся. Что же я из зеркала вижу? Стоит красивая девица, а перед нею на коленях какой-то плешивый господин с лицом как бы из воску, кучей наросшего красного, он весь тогда покраснел от волнения, наш Фёдор Константинович. И сердечко брильянтовое сверкает. Такая вот картина. И вдруг я, Иван, милый мой ангел, милый сфинкс, в зеркале, в этом господине коленопреклонённом увидала дыру тёмную, как бы подпол, погреб, а там, в подполе этом, увидала я и человека этого тёмного, что из Крахмалова наружу вылезал и на меня кидался. И человек этот — как червь. И так мне жутко стало, что я застыла сосулькою перед зеркалом этим. И всё сразу поняла и увидела, что в этой жизни дальше со мною будет. Поняла, что деваться мне от господина Крахмалова некуда, а ежели я откажу ему, он сейчас клещами своими в меня вцепится и под венец потащит. Кто его остановит? Никто! И начнётся моя превосходная жизнь с этим вот подвальным человеком, с червём, жизнь от этого зеркала до самой могилы. Я дух перевела, взяла себя в руки и говорю: Фёдор Константинович, позвольте мне всё обдумать до завтра и решить. Он легко согласился, вскочил с колен и говорит: «Конечно, дорогая Сашенька, подумай и реши, но только не разбивай мне сердце, умоляю тебя». А коробочку с колечком на мой столик положил. Потом мы кофею попили молча, как бы и не было ничего, только он красный сидел, газеты почитывал, потом и по делам своим торговым отправился. А я собралась, сложила в саквояж три своих любимых платья, дождалась, пока кухарка на рынок отправится, а слуга Серёжа в магазин, и с саквояжем вышла, взяла извозчика да и поехала на Троицкую в заведение Анны Леопольдовны Глаубтрой. Почему к ней? Не буду подробностями утруждать вас, только я о ней давно узнала, немцы санкт-петербургские про друг друга всё знают. Знала, что у Анны Леопольдовны многие беглые девицы пристанище находят. А мне деваться некуда было — ни отца, ни матери, ни родных. Слава богу, она в заведении была, я к ней вошла, представилась и по-немецки всё рассказала, всю нашу семейную историю и что со мной приключилось. Выслушала она, встала, взяла меня за руки и говорит:

— Hab keine Angst, mein Kind, hier bist du in Sicherheit.

И добавила ещё: такая красавица, как ты, в моём салоне новой звездою засияешь. Она приняла меня как родную. И сразу мне объявила, что я сама буду выбирать себе клиентов, а не они меня, и в выборе своём буду совершенно вольна и свободна. И положила мне весьма приличное содержание, и сразу двадцать пять рублей дала. Но и недели не прошло, как в салон приехал сам Крахмалов собственною персоною своей. Как он узнал, ума не приложу! Сыщиков, может, нанял. Безобразнейшую сцену устроил, кричал, угрожал, но Анна Леопольдовна стояла как скала. Прав у него на меня никаких не было, не его я дочь, и вообще никто я ему. Но пригрозил, что завтра же придёт с полицией и заберёт меня. Только назавтра нашли его у себя дома с головой проломленной и слугу Серёжу задушенного, а квартиру обворовали.

Она замолчала и шла, держа Ивана под руку. Они не заметили, как вышли к Исаакиевскому собору. Сашенька остановилась, перекрестилась на собор и поклонилась. Иван достал папиросницу и закурил.

— Зябко! — передёрнула Сашенька плечами. — Видать, я вас утомила и заморозила!

— Ничуть.

Она вздохнула и заговорила:

— Меня Анна Леопольдовна тогда к себе вызвала, заперла дверь и говорит: «Если сюда придёт полиция, скажешь им, что господина Крахмалова тут никогда не было. А если они тебя допрашивать начнут, расскажи честно всю твою с ним историю, кроме того, что он тебя замуж звал». Так всё и случилось. Она вообще у нас чрезвычайно умная дама. В общем, Иван, я солгала. И солгала так легко, даже не покраснела! Не приходил господин Крахмалов в салон. И замуж меня никогда не звал, брильянтовое сердце не дарил. Видать, грабители сердечко это себе забрали. Про себя же я всё рассказала, как было, как жила с ним, как он меня трогал и целовал, а потом соблазнил, и следователь это всё записал. Так вот, Иван, о чём я, что главное во всём рассказе моём: ведь подла я, да?

Сказав это, она с силой схватила Ивана за плечи.

— Подла? Ведь подла?! Так?

— Вовсе нет, — ответил Иван.

— Как же — нет-с?! — топнула она. — Как же, ангел вы мой, нет-с?! Я же солгала, неправду сказала! А Крахмалова убили! И Серёжу задушили, Серёжа-то хороший был, безропотный. И по моей вине ведь! Из-за меня всё!

— Крахмалова и Серёжу убили грабители, — спокойно произнёс Иван. — Но в чём ваша вина?

— Их же из-за меня убили!

— Если бы так было, вас бы арестовали.

— Но я же солгала! Я солгала!

— Вы защищались.

— От кого?

— От червя.

Она замолчала, резко повернулась и отошла от Ивана к собору. Вокруг было пусто и безлюдно, луна светила с тёмного неба на площадь и собор. Иван подошёл к Сашеньке. На щеках её блестели слёзы. Он взял её руку.

— Вы ни в чём не виноваты, — сказал он.

Она всхлипнула, отёрла слёзы перчаткой:

— Ну вот, хотела вам поведаться о подлости своей, а получился дурацкий рассказ… ekelhaft… глупо так… Господи, как же глупо!

Она закрыла своё красивое лицо.

— Сашенька, вам надо было непременно это всё рассказать кому-нибудь. Вот вы мне и рассказали. Как бы исповедались. Вам это было важно.

Она стояла, закрыв лицо. Потом вдруг схватила Ивана за руку:

— Пойдёмте!

Он повиновался. Сашенька подвела его к громаде собора и опустилась на колени.

— Давайте вместе помолимся? — спросила она его, стоя на коленях.

Иван опустился на колени с ней рядом.

— Помилуй мя, Боже, по велицей милости Твоей и по множеству щедрот Твоих очисти беззаконие моё… — стала молиться вслух Сашенька.

Иван повторял слова молитвы. Когда молитва завершилась, они перекрестились.

— Ну вот, — Сашенька приподнялась и отряхнула платье от снега. — Теперь всё не то чтоб хорошо, но как-то лучше. Очень даже лучше! Благодарю вас, милый Иван, за ваше терпение.

Иван молча смотрел на неё.

— Мне теперь спокойней, — Сашенька взяла его руку и сильно сжала своими ладонями. — Что будет — не знаю, но сейчас спокойно мне на душе.

— Ну и слава богу, — пробормотал Иван.

— Но я вас совсем, совсем заморозила! — она оглянулась по сторонам и увидала недалеко на площади стоящую коляску с дремлющим извозчиком.

— Пойдёмте, я вас довезу домой!

Быстрым шагом они направились к коляске и вскоре уже ехали по Гороховой. Когда коляска остановилась у дома Шиловского, Сашенька поцеловала Ивана в щёку, пробормотала порывисто: «Прощайте, сфинкс мой!» и поехала дальше, к себе на Троицкую.

Сонный привратник впустил Ивана в прихожую, снял с него слегка припорошенную снегом шинель, затеплил фонарь и проводил его до спальни, где Иван, не зажигая свечи, а пользуясь всё тем же светом луны, проникающим в шторный проём, разделся, лёг в постель свою и заснул совсем глубоко.

Когда Иван, проснувшись, умывшись, одевшись и приведя себя в порядок, спустился в столовую, был уже полдень; Шиловский и Храповилов сидели за столом и допивали по второй чашке кофею. Они встали тоже не так давно. Шиловский читал вслух курьёзы из «Нового времени» (одной из двух газет, поступавших к нему регулярно; второй была «Русский инвалид»), Аристарх Лукьянович их язвительно комментировал. Пожелав им доброго утра, Иван уселся рядом и тоже с удовольствием выпил две чашки кофею с французской булкой, к которой были поданы чухонское масло, сливки и мёд. Закончив с «Новым временем», хозяин дома взялся за «Русского инвалида», чтение из которого заняло час с лишком и сопровождалось не только язвительными комментариями, но и хохотом, который, как искренне поведал Аристарх Лукьянович, разбудил у него в животе голодного паломника.

Шиловский приказал подавать завтрак, который у него в доме, по обыкновению, начинался с двух часов. Подали крепкий говяжий бульон с пирожками, телячьи котлеты и крымский херес, на который налёг сперва Храповилов, а потом и сам Шиловский. Газеты после тем городских и вполне себе обывательских разбудили в друзьях монстра по имени Глобальная Политика, которому весьма досталось от них на этом завтраке. Иван сидел, закусывая и попивая бульон вместо хересу, голоса друзей по банному раю всё крепли, звуча громче и громче; закончилось всё, как обычно, вспышкой ярости по поводу англичан, мерзопакости которых затмили все другие темы и государства. Прикончив бутылку хересу, друзья вдруг засуетились и вспомнили о делах; Шиловский заторопился, сказавши, что ему нынче один благоприятель назначил «коммерческое предприятие». Уходя, он приложил руку к груди и неожиданно молча в пояс поклонился Ивану. Когда Храповилов недоуменно взглянул на Шиловского тот ответил: «Мне бы такого папеньку!», развернулся неловко, но как бы по-военному, и отбыл. Храповилов, сияя от удовольствия, расцеловал Ивана в плечо и сразу же напомнил ему, что *сходка нынче в девять*, стал зевать и, сообщив, что паломник его теперь уж сыт и прилёг под пальмой в пяти верстах от Иерусалима, взял «Новое время» и улёгся в гостиной на оттоманку, принялся читать, но вскоре, зачмокавши губами, заснул, прикрывшись газетой, и проспал до шести часов. Проснувшись, он попросил Ивана сводить его в уборную, где долго приводил в порядок своё немолодое уже тело.

Выйдя от Шиловского, они с Иваном отправились в трактир Попова, закусили севрюжкой с хреном и съели ухи, а Аристарх Лукьянович выпил две рюмки водки.

К девяти часам с четвертью они были возле трёхэтажного дома по Пеньковой улице, поднялись на второй этаж, и Храповилов четырежды повернул медную бабочку звонка. Им тут же открыли дверь, и они вошли в слабо освещённую прихожую.

Поэтический салон Ольги Давыдовны Мнацакановой давно уже перестал соответствовать своему изначальному статуту и превратился в еженедельную *сходку* кружка радикально настроенной интеллигенции Санкт-Петербурга. Поэзия как таковая здесь уже мало кого интересовала, её быстро потеснила злободневная публицистика, да и она вскоре ретировалась перед твёрдым и острым, как гильотина, словом «революция». Когда Иван с Храповиловым вошли в большую гостиную, в ней находились семеро: сама Ольга Давыдовна, женщина двадцати пяти лет, статная, стройная, с умным, властным лицом и вечным чёрно-красным испанским веером в руках; её *товарищ* и сожитель Пётр Каневский, отставной уже поручик, кудрявый, широкоплечий и широкогрудый молодой человек с большими, чрезвычайно сильными руками и открытым русским, как бы ещё мальчишеским в своём наивном выражении лицом, всегда готовым к подвигу; фельетонист, поэт, коммерсант и бывший издатель уже запрещённого цензурой скандального «Санкт-Петербургского пингвина» Яков Улин, сам похожий на пингвина, сорокалетний полноватый господин с жабьими, всегда усмехающимися губами и пронзительным взглядом из-под вечно мокрой от пота косой чёлки; Богдан Молотилов, страшно худой, плохо одетый молодой человек с тяжкой печатью чахотки на измождённом лице, изгнанный из университета за вольнодумство, поэт и революционер; Ксения Волоховская, женщина без возраста, вдова известного литератора-публициста, маленькая, худая, всегда в чёрном, очень злая, настойчивая и язвительная; Виктор Разломов, разорившийся, как и Храповилов, помещик, поэт-любитель, картёжник и философ, седовласый, хорошо одетый, с надменным выражением тяжёлого, лошадиного лица; Анна Штерн, девятнадцатилетняя крещёная литовская еврейка, слушательница высших женских курсов, некрасивая, черноволосая, смелая и резкая в суждениях и поступках.

— Tout est assemblé! — произнесла своим властным и строгим голосом Мнацаканова, взглянув на вошедших. — Льва и Серафимы не будет.

— Они больны! — сообщил Каневский.

— Или притворяются таковыми, — добавила хозяйка салона, с нарочито сильным треском закрывая веер. — Аристарх и Иван, жрецы грядущей свободы приветствуют вас!

Вошедшие кивнули головами. В салоне заведено было при обращении друг к другу обходиться без отчеств, дабы, как выразилась Мнацаканова, «не брать на себя грехи бездарных отцов». Любопытно, что, как и в генеральских банных кущах, в салоне Ольги Давыдовны слуг не полагалось, кухарка в этот вечер тоже отправлялась из дому, напитки и скромную закуску брал каждый сам с круглого стола с красной скатертью; тут стояли самовар, графин с водкой, лежали сушки, конфекты и мятные пряники.

Ольга Давыдовна, несмотря на молодость, имела уже довольно густую биографию; тифлисская армянка из богатой семьи, в детстве получила она хорошее домашнее образование, затем окончила там же гимназию, где успела сойтись с любительницами изящной словесности и начала писать стихи сама, познакомилась с местной богемой и весьма рано, ещё гимназисткой, стала у ней блистать, но не за счёт своих довольно заурядных стихов, а из-за «внешности и внутренности», как она любила выражаться. Характер у неё был крут с самого детства; ни отец, ни мать пальцем не трогали своих семерых детей, но за провинности запирали их в тёмную кладовку с пауками и мышами. Мышей маленькая Наира не боялась, а к паукам быстро привыкла; затем осмелела настолько, что стала ловить пауков, что помельче, отрывать им ножки и бросать в сети большим паукам, чтобы те их высасывали. В гимназии она училась хорошо, но вела себя всё более независимо, что тоже делало ей renommée среди гимназисток и начальства. Едва окончив гимназию, она сбежала из дома с заезжим журналистом, с которым в тот же день обвенчалась и которому через месяц совместной жизни в Екатеринославе на почве его лютой ревности плеснула в лицо растопленным воском, на чём союз их закончился навсегда; и началась бурная жизнь уже не Наиры, а Ольги, приведшая её в Париж, в круг свободолюбивых эмигрантов, с которыми, впрочем, хоть всё и затянулось на два с лишним года, но обрушилось почти так же, как с журналистом, в один час, но вместо воску была подожжённая ею типография.

— Аристарх! — мрачно воскликнул Разломов, вперивая тяжёлые глаза свои в Храповилова. — Третьего дня ты мне приснился.

— Надеюсь, в приличном виде? — тот подошёл к столу и стал наливать себе водки.

— Не надейся! Ты был в какой-то рванине и говорил о парламентаризме. Грязно говорил.

— Видать, в тебе эта тема-то крепко засела! — рассмеялся Храповилов.

— Да, я за парламентаризм, — с той же мрачностью отвечал Разломов. — Но за аристократический парламентаризм.

— Это чтобы плебса в парламенте не было! — презрительно усмехнулся Улин, подмигивая из-под чёлки Мнацакановой.

— Плебс и парламентаризм несовместны. Вы, Яков, это должны понимать. — Как бы не обращая на него внимания, Разломов тоже налил себе водки.

— Куда уж нам, социалистам!

— Парламентаризм — не спасение, — заметила Штерн. — Он основ деспотии не потрясает, а только лишь делает эту деспотию более цивилизованной.

— К черту парламентаризм! — воскликнула Волоховская. — Мне донесли, что вчера на Сенной высекли двух крестьянок. Мерзавцы!

— Я это сам видел, — вздохнул Молотилов. — У одной мочи не было стоять, так один палач взвалил её к себе на спину, а другой сёк.

— Вы туда ко времени, что ли, ходите? — с той же насмешкой спросил Улин.

— Не хожу. Шёл к Витте за чернилами, услышал кнут, вот и зашёл.

— В Англии тоже секут. И вешают, — заметил Храповилов. — Дичайшая страна!

— Аристарх, пьём за революцию! — Разломов чокнулся с Храповиловым.

— Да не трепите вы святые слова, господа! — Мнацаканова резко раскрыла свой веер и быстро замахала им. — Мы скатываемся в пустословие. Пить за революцию не надо, её нужно подготовлять. А вот когда она грянет, тогда и выпьем за неё.

Мы с Петром написали манифест, сейчас он прочтёт... Но нет, нет! Манифест подождёт. Послушайте, товарищи! Мы с вами совсем забыли про поэзию. Революция и поэзия неразрывны, как двое влюблённых. Они должны питать друг друга. Начнёмте же сейчас с поэзии! Мы давно ничего не читали нового.

— У меня есть новые стихи! — воскликнул Молотилов.

— Так почитайте!

— Почитайте!

— Почитайте!

Молотилов вышел на середину гостиной, скрестил на своей впалой груди худые руки и стал читать нараспев, подняв худое лицо своё:

> Белые ночи стали короче,
> Чёрные тени стали длинней.
> Так отчего же ты всё хохочешь,
> Так почему же ты всё странней?
>
> Чем тебе дороги бледные лица?
> Чем благотворна сырая зима?
> Воздух гниющей петровской столицы
> Скоро сведёт нас с тобою с ума.
>
> Скоро помчимся, безумные звери,
> Кровью кропя недотаявший снег,
> Лбами таранить угрюмые двери
> Смрадного ада: аз есмь Человек!

Закончив, он вдруг сильно закашлялся, достал платок и, приложив ко рту, отошёл к окну.

— Прекрасно! — шумно замахала веером Мнацаканова. — Мы протараним! Но только не адские врата, а деспотические!

— И я пока ещё не безумный зверь, а очень даже умный и сильный! — воскликнула Волоховская. — И с когтями!

— Это смело, но мрачно... — скривился Разлогов.

— Это хорошо! — воскликнул Храповилов. — Я протараню с величайшим удовольствием!

— Протараним! Накипело! — согласилась Штерн.

— У меня тоже есть новенькое! — Улин вышел на середину гостиной, встал по-пингвиньи, поддерживая руками свой живот, и задекламировал как бы с обидой и укором:

Клопы меня чудовищно измучили
Намёками на нашу с вами жизнь.
Изгибы жизни — как реки излучены,
Туда-сюда, всё клин, куда ни кинь!

Нас бесы гонят чёрной хворостиною,
А Вельзевул приветствует огнём;
Когда закончим свою жизнь клопиную,
Мы удивимся все, что не живём.

— Омерзительно! — фыркнула Волоховская.

— Magnifique, Яков! — захлопала в ладоши Штерн и победоносно засмеялась. — Это про чиновничье отродье! Про кувшинные рыла!

— Да нет, это про него самого, — усмехнулся Разломов.

И вдруг толкнул плечом Ивана, который, захотевши чаю, взял стакан. Стакан вылетел из подстаканника и покатился по столу, но Иван поймал его и с недоумением оборотился к Разломову.

— Я хотел поинтересоваться — как вам эти стишата? — со всё той же мрачностью и в упор глядя спросил его Разломов.

— Никак, — ответил Иван и принялся наливать себе чаю.

— Я тоже думаю, что никак, — зловеще протянул Разломов и оборотил тяжёлое лицо своё к Штерн. — Чему вы аплодировали?

— Сатире Якова!

— Эта сатира клопами попахивает, — угрюмо проговорил Разломов.

Волоховская подошла к Разломову вплотную и выкрикнула ему в лицо:

— Мы не клопы!

— Ксения, я вас и не считаю клопом, — с невозмутимостью отвечал тот.

— Мы люди свободного духа и в щелях чиновничьего мещанства не живём! — воскликнула Штерн.

— Я имел в виду стихи Якова, а не нас с вами, — продолжал Разломов. — От стихов клопами попахивает, ну так в современной поэтике чего не бывает? Там могут возникнуть запахи и погаже клопиных.

— Клопы это архисволочизм, — пробормотал Каневский.

— Abomination! Особенно в нумерах... — брезгливо поморщился Храповилов.

— И живут с нами бок о бок! — хихикнул Улин, подмигивая. — Дитяти городской природы — человек да клопик-с! Very good company!

— Боже, о чём мы говорим?! — с треском закрыла веер Мнацаканова и заходила по гостиной. — В государстве нашем казнят, порют, гонят на каторгу за свободные слова! Так дорожите же словом, товарищи, чёрт возьми! Это единственное оружие наше!

— Во всяком случае — пока единственное... — добавил Каневский.

— Ольга, вы правы тысячу раз! — подхватила Штерн. — Мы несём свободное слово нашим забитым людям, а за словами должны стоять и дела.

— Слово и дело в нашем отечестве всегда путали, — заметил Разломов. — Потому такое чудовищное внимание к слову печатному. Вот «Пингвина» прихлопнули, как муху, и семи номеров не вышло, так, Яков?

— На седьмом прихлопнули! — Улин налил себе водки. — Три предупреждения — и хлоп!

— И отчего такая государственная боязливость к шутке? Я понимаю — архисерьёзные «Современник», «Русское слово», но ваш «Пингвин»!

— Моя птичка, хоть летать не могла, но щебетала так, что департаменты тряслись!

— В каждой шутке есть доля правды, — проговорил Каневский.

— Слыхали уж... — отмахнулся Разломов.

— Поэтому шутить надо серьёзно, как топором рубить, — заметил Каневский.

— Нам надо использовать любую возможность для пропаганды свободы! — воскликнула Волоховская.

— И непременно используем! Пётр, зачти! — Мнацаканова сделала ему знак веером.

Каневский достал из кармана сложенный листок, развернул и стал читать:

Товарищи!

Пробил час для решительных действий. Соблазнённый реформой, униженный и оскорблённый государством народ наш подобен человеку, обворованному шайкой разбойников. Бывшие крестьяне, ставшие рабочими, отданные во власть фабрикантам и заводчикам, подвергаются чудовищной эксплуатации. Если раньше их эксплуатировал помещик, то теперь его место заменил фабрикант — ещё более страшный и беспощадный эксплуататор и угнетатель. На заводах и фабриках бывшие крестьяне сделались частью машин, стали бессловесными механизмами для обогащения фабрикантов и заводчиков. Новые эксплуататоры, прикрывающие свою алчность и беспощадность маскою прогресса, выжимают последние соки из нашего вечно угнетённого народа. Святая обязанность каждого русского интеллигента — помочь своему народу! Нам, русским интеллигентам, надо идти к рабочим и объяснить им — что делать. Не проповеди о свободе и равенстве нужно нести нам народу — Россия довольно уж наслушалась этих проповедей. Необходимо, чтобы каждый рабочий умел отлить из свинца молоток весом не менее двух фунтов, чтобы он выстругал желательно дубовую рукоять и крепко насадил на неё молоток. Сделав из верёвки петлю, рабочий должен привязать к ней молоток и наилучшим образом подвесить его себе под мышку, чтобы сверху надеть свою обычную одежду. Затем рабочий должен пойти на приём к своему начальству и завести с ним деловой разговор, во время которого выхватить молоток из-под мышки и проломить начальнику голову.

За работу, товарищи!

Едва Пётр закончил читать, Мнацаканова яростно зааплодировала и сразу зааплодировали все собравшиеся.

— Пора! Давно пора! — воскликнула Штерн.

— И пойдём! И научим! — выкрикнула Волоховская.

— Пойдём! — воскликнул Молотилов. — Пора, товарищи. дело делать, а не болтать!

— Пойдём с удовольствием! — прорычал Разломов, толкая плечом Храповилова.

— Avec plaisir! — вскричал Храповилов. — Мы знаем Русь, и Русь нас узнает! Правильно, не проповеди нужны народу нашему!

— Уж наслушался он их до рвоты! — ревел Разломов.

В гостиной стало так шумно, что не сразу услыхали звонок. Мнацаканова подняла вверх свой веер, призывая к тишине. Все смолкли. Звонок протренькал четыре раза, потом смолк и снова протренькал четырежды.

— Это наши! Пётр, открой! — распорядилась Мнацаканова.

Каневский пошёл в прихожую, оттянул засов с двери; на пороге стояла служанка Серафимы Павловны Кругловой, подруги Мнацакановой, стоявшей у истоков основания салона.

— Здравствуйте, Пётр Алексеевич, — приветствовала Каневского служанка. — Серафима Павловна велела передать это Ольге Давыдовне.

Она протянула голубой конверт. Каневский взял, поблагодарив её, запер дверь и вернулся с конвертом в гостиную.

— Ольга, это тебе, — протянул он ей конверт.

Она взяла, раскрыла. В конверте была вдвое сложенная половина бумажного листа. Подойдя к столу и приблизившись к пятисвечному канделябру, Мнацаканова развернула бумагу.

На ней были написаны почерком Серафимы Павловны только два слова:

Храповилов — филёр.

Мнацаканова тут же сложила листок, сложила ещё раз и ещё раз, и поднесла к свечке, подожгла и, держа над столом, напряжённо глядела и глядела на огонь. Когда он стал подбираться к её пальцам, она бросила горящий сложенный листок в пепельницу. Все стихли, глядя на Ольгу Давыдовну.

— Товарищи, — заговорила она. — За нашим домом наблюдают. Я думаю, вам сейчас надо разойтись. Но только не сразу всем.

— И кто же вас предупредил? — спросил Разломов.

— Верный друг, — ответила она.

В гостиной на короткое время наступила тишина.

— В следующий раз можем собраться у меня, — проговорила Волоховская. — Места хватит. Прощайте, товарищи!

Она направилась в прихожую, Пётр последовал за ней, помог ей одеться и проводил. Сразу же молча откланялся и вышел Улин.

— Главное — не бояться их! — громко произнёс Молотилов, закашлялся в платок и последовал за Улиным.

— Нас не запугать! — произнесла Шварц и тоже направилась в прихожую.

В гостиной остались Мнацаканова, Разломов и Храповилов с Иваном.

— Разве на дорожку водкою осадиться... — мрачно пробормотал Разломов, налил себе водки и сразу выпил.

— А что... как это всё? — спросил Аристарх Лукьянович Мнацаканову с растерянностью в голосе, но она вместо ответа резко раскрыла веер и, обмахиваясь им, отошла к окну. Каневский вернулся в гостиную.

— Что ж, au revoir, — угрюмо произнёс Разломов, кивнул большою головой своею и направился в прихожую.

— Виктор, я сейчас же провожу вас! — сказал Каневский и подошёл к стоящей у окна Мнацакановой.

Она повернулась, быстро прижала свои губы к его уху и прошептала:

— Храповилов — филёр!

Каневский отстранился и бросил на неё напряжённый взгляд. Он собирался что-то сказать в ответ, но она, моментально свернув веер, ткнула им Петра в грудь:

— После. Ступай, проводи.

Пётр вышел. Храповилов приблизился к Мнацакановой.

— Ольга, как же нам быть теперь?

— Как быть? — громко и с нарочитой бодростью заговорила она. — Нам — быть! А как — решим. Нам, Аристарх, бояться негоже, ибо правда за нами.

Щёки её покраснели от волнения, глаза возбуждённо блестели, но Ольга Давыдовна умела держать себя в руках и разыгрывать любые роли.

— Ступайте домой. Мы известим вас о следующей сходке.

— Ну... хорошо... — с лёгким разочарованием в голосе он отошёл и обратился к молчаливо стоящему Ивану. — Пойдёмте, папенька.

Проводив Разломова, а затем и Храповилова с Иваном, Каневский вернулся в гостиную, где осталась одна нервно прохаживающаяся Ольга Давыдовна.

— Теперь он донесёт про манифест, — заговорила она. — И нас арестуют.

Каневский напряжённо смотрел на неё так, словно увидел впервые это красивое, разгорячённое и взволнованное лицо. Она стояла перед ним, сжимая в руках свой сложенный веер и держа его так, словно впервые не знала, не понимала и не чувствовала, что такое надо сделать с этим своим вечным красно-чёрным веером и как с ним вообще необходимо обращаться.

— Я всё устрою! — решительно произнёс Каневский и выбежал в прихожую.

Каневский догнал Храповилова с Иваном, когда они шли по Пеньковой улице.

— Не оборачивайтесь, товарищи! — обратился он к ним вполголоса.

Они замедлили шаг и Храповилов, не выдержав, стал оборачиваться.

— Не оборачивайтесь! — со злобою зашипел на него Каневский. — За нами следят, я проведу вас безопасною дорогой. Сейчас же сворачивайте в подворотню.

Они свернули и оказались в тёмном пространстве.

— За мной! — скомандовал Каневский, обгоняя их. Пройдя тёмный двор, он вошёл в узкий проход между домами и побежал по нему.

— Быстрей! — скомандовал он им.

Храповилов и Иван побежали за ним. Каневский пролез в дыру в заборе и помог вылезти в неё своим спутникам. Они перебрались через кучу угольного шлаку, прошли по небольшому двору и через подворотню вышли на набережную Невы.

Каневский глянул назад, втягивая голову в плечи:

— Никого. Оторвались, похоже...

Они пошли по набережной. На ней было пусто, темно и шёл снег. Каневский оглядывался; вокруг не было ни души. Вдруг он глянул на Неву за оградой и выпучил глаза:

— Господи!

Храповилов и Иван остановились и глянули на реку. Возле самого камня набережной чернела широкая полынья посреди молодого тонкого льду.

— Что? — непонимающе посмотрел Храповилов на тёмную воду.

— Утопленник! — воскликнул Каневский, свешиваясь через ограду и показывая пальцем. — Вон там!

— Где? Что? — сощурился Храповилов, тоже наклоняясь через ограду.

— Да вон же, вон плавает!

На тёмной поверхности воды никого не было; только снежные хлопья падали и тут же пропадали в ней бесследно.

— Так где же? — вертел головой в своём новом цилиндре наклонившийся Храповилов.

— А вот где! — зло прохрипел Каневский и изо всех сил ударил Храповилова кулаком по затылку.

Цилиндр тут же слетел с головы Аристарха Лукьяновича и упал вниз, а сам он, дёрнувшись от удара, издал неопределённый звук. Каневский моментально схватил его своими сильными руками, перевалил через ограду и кинул в воду.

— Нет! — вскрикнул Иван.

Но страшные, сильные, как клещи, руки Каневского схватили и его, ударили, приподняли и тоже швырнули вниз в реку.

— Вот так! — прохрипел Каневский и кинулся прочь.

— Аристарх! — пробормотал Ваня, теряя сознание от удара и захлёбываясь ледяной водою.

И тёмная вода сомкнулась над ним.

— Ваня, ты прошёл второе поприще! — раздался голос торжественный и слегка насмешливый.

Открыл Иван глаза свои. Видит — сидит он на полу всё той же пещеры волшебной. А перед ним — всё те же классики из ларца нефритового. Фёдор лобастый на Ивана смотрит, теребит свою бороду одобрительно, усмехается.

Третий классик, Антон, снимает пенсне своё, протирает его, на Ивана щурясь близоруко:

— Осталось тебе, Ваня последнее, третье поприще пройти. Готов?

— Готов! — Иван ответил.

Протёр Антон пенсне своё, надел на нос и дунул на Ваню со всей мочи.

2096 год. Марс, долина Маринер, обрыв над каньоном Титон. Интерьер кабинета начальника исправительной колонии Titonium; это круглое пространство с прозрачным потолком и стенами. Полдень; над гигантским каньоном семикилометровой глубины под солнечными лучами рассеивается утренний туман. В кабинете трое — начальник тюрьмы, режиссёр и охранник. Начальник сидит у стола в кресле, курит сигару; это полноватый мужчина средних лет в серебристо-голубом костюме. Напротив него стоит режиссёр — молодой человек в зелёном комбинезоне заключённого со светящимся номером F132 на левой стороне груди, правом плече и спине.

НАЧАЛЬНИК (*просматривая голограмму дела режиссёра*). На Земле тебя звали Айван?

РЕЖИССЁР. Иван.

НАЧАЛЬНИК. Тебе, F132, сидеть ещё шесть лет, три месяца и восемь дней?

РЕЖИССЁР. Так точно, господин начальник.

НАЧАЛЬНИК. У тебя всё готово?

РЕЖИССЁР. У нас всё готово, господин начальник.

НАЧАЛЬНИК. Условия тебе известны, но есть одно «но». В связи с последними событиями в колонии я внёс коррекцию в мероприятие. Когда всё это... (*Звучит музыкальный сигнал — четырёхзвучие из Вагнера.*) Нет, нет! (*Встаёт с кресла, подходит к прозрачной стене.*) Elon magnum momentum!

ОХРАННИК (*режиссёру*). На колени!

Режиссёр опускается на колени.

В нескольких километрах от здания колонии на обрыве каньона возвышается стодвадцатиметровый величественный монумент: крепкотелый человек с широким лицом, выбросивший руку вверх в римском салюте. В это мгновенье солнце полностью заходит за его вскинутую ладонь, отчего весь красновато-коричнево-серый пейзаж преображается: солнечные лучи пронизывают остатки тумана, и непередаваемой красоты оранжево-фиолетовый свет озаряет всё гигантское пространство каньона. Это величественное явление длится всего несколько секунд. Начальник колонии вскидывает свою руку вверх в таком же римском приветствии. Солнце показывается из-за ладони каменного гиганта, и призрачное свечение пропадает. Начальник опускает руку.

ОХРАННИК (*режиссёру*). Можно встать.

Режиссёр встаёт с колен.

НАЧАЛЬНИК (*покуривая сигару, смотрит на фигуру колосса*). Великий Илон всегда с нами. Здесь и теперь. (*Оборачивается к режиссёру.*) Так вот, я внёс коррективы. Представление пройдёт под знаком OROBON-3. Ты свободен, F132.

ДЕЙСТВИЕ ПЕРВОЕ

Большой зал колонии, вмещающий 2359 колонистов, отличившихся хорошей работой и примерным поведением. Посередине зала — круглая сцена, на которой стоит длинный стол вытянутой овальной формы. Стол накрыт белой скатертью, красиво сервирован и убран цветами. За столом сидят двенадцать заключённых мужского и женского пола в праздничной, светлой летней одежде XIX века и режиссёр в белом костюме.

РАНЕВСКАЯ (*плача и бессильно смеясь, залезает на стол, поднимает указательный палец, вокруг которого возникает голограмма большого цветущего вишнёвого сада под прозрачным куполом, сквозь который виден марсианский пейзаж*). Вот, полюбуйтесь! И ведь уже готовят пилы, которые здесь скоро завизжат! И падут прекрасные деревья! Это наш старый вишнёвый сад! Детьми мы с Леонидом играли в прятки между вишнями, здесь же, под цветущими вишнями, пили чай с покойными родителями, сидели за столом с гостями, а потом, когда я уже была девушкой, ночью с возлюбленным мы считали метеориты и целовались, когда очередной сверкал на багровом небе! В этом саду мы радовались жизни и ждали счастья. Мы все ждали счастья — взрослые, дети, наш добрый дедушка, слуги и наши псы, Фобос и Деймос, — все мечтали, кто о прекрасном принце, кто о клубничном торте, кто о Звёздных Вратах, кто о встречах и прогулках с дорогими сердцу друзьями, кто о новых играх, а кто о спокойной и достаточной старости в родовом поместье на Марсе, в нашем милом, родном, бесконечно дорогом доме под марсианским небом! Сегодня этот дом продаётся! И сад, этот дорогой сердцу сад тоже будет продан вместе с домом! Просто — продан! А затем его спилят беспощадно, а на этом месте построят сорок два модуля и будут их сдавать по сто илонов в месяц! Всё — ради денег, ради банальной наживы! Наш дом и наш сад продаются! Здесь я родилась, здесь я впервые встретила любовь свою и была счастлива! Здесь погиб от проклятого RT-вируса мой сынок! Боже! Если это всё сегодня продаётся, продавайте и меня с этим домом! Если наш сад будет спилен, я сама готова лечь под пилу! (*Рыдает, стоя на столе, затем бессильно опускается на колени.*)

РЕЖИССЁР. Мда... Пустая жизнь. Прошла впустую. Пустая, как кратер Езеро. Плоская, как равнина Хриса. Влюбилась. Считала метеориты и поцелуи. Рыдала от счастья в вишнёвом саду. Свадьба на Элизиуме. Брачная ночь в «Эолиде». Марсианская девственница Первой волны. Муж скончался от жёлтой пыли. Сын — от RT-вируса. Любила качаться в гамаке в саду под лёгкую музыку. Читала Тургенева. А что ещё читать на Марсе? Не Брэдбери же! Ловила жучков, чтобы их покормить. Могилка сыночка. Ах, горе! Безутешный плач! Метнулась на Арсию. Влюбилась, как кошка. Красавец брюнет. Бесстрашный покоритель звёздных трасс. Оказался игроком. В казино «Купол Урана» просадил все её деньги. И был таков! Прорыдала три дня. И вернулась к родным могилкам, а куда ж ещё возвращаться? Не в Нижний Новгород же! Денег нет. Дом заложила. Купите меня вместе с моим домиком и садиком! Мадам, вас уже никто не купит. Ты ничего не стоишь, марсианская вдова! А если и ляжешь под пилу, то из твоей шеи брызнет томатный сок. (*Берёт с блюда чёрный blister и кидает в Раневскую. Blister, попадая на неё, с хлопком превращается в тухлое куриное яйцо, содержимое которого течёт по лицу и платью Раневской.)* Вот тебе, бездарная!

ШАРЛОТТА. Своих родителей я совсем не помню, меня воспитала добрая немка с Эола, немка с опалённым лицом, научила танцевать на проволоке, делать фокусы и предсказывать будущее, свой ID я расплавила лазером, а из оплавки сделала вот этот кулон! Сейчас я кое-что покажу вам. *(Вынимает изо рта шесть красных шаров, жонглирует ими и поёт Das Wandern Шуберта; затем проглатывает шары, достаёт из рукавов два кинжала, танцует на столе с кинжалами, исполняя на губах «Танец с саблями» Хачатуряна, затем глотает кинжалы; обнажает свой живот, стоит неподвижно, закрыв глаза.)*

РАЗДАЁТСЯ НУТРЯНОЙ ГОЛОС. Ваше будущее проступило сквозь пелену времён, оно обозримо, Четвёртая волна колонизации Марса начнётся через восемь месяцев и шестнадцать дней, в «Titonium» будет построен новый корпус на 15000 заключённых. *(Кланяется.)*

РЕЖИССЁР. Шарлотта, вы очаровательны, непосредственны, по-детски прямодушны и просто обречены заражать всех нас искренним и неподдельным оптимизмом, несмотря на то что по своему характеру, как мне кажется, вы обыкновенный крокодил. Вот вам! *(Берёт с блюда белый blister и кидает в Шарлотту; с хлопком разбившись о её тело, blister превращается в ветку сирени.)*

ТРОФИМОВ. Сколько слёз здесь проливается по этому дому и саду! Дамы и господа, побойтесь Бога! Вспомните, что творилось в таких же домах и садах во время Первой волны! Подумайте о тысячах крестьян, замученных S-крепостничеством, унижаемых, обворованных, лишённых каких-либо прав! Сквозь щебет клон-птичек вы не слышите этого стона народного? До ваших благородных ушей не доносится свист электрических розог? На вишнёвых стволах вы не замечаете глаз крепостных крестьян, слезящихся глаз? (*Притворно.*) Ах, бедный вишнёвый сад! Поймите же, весь наш Марс — один сад! Он запущен, одичал, зарос сорняками, листья его пожирают паразиты-коррупционеры! Мы отстали от просвещённой Земли на пятьдесят лет! И вместо того чтобы засучить рукава и начать работать в этом саду, наша интеллигенция предаётся мечтам о прошлом, о метеоритах и поцелуях. Что может наша интеллигенция? Только вспоминать романтику Первой волны, мечтать и плакать. Она разучилась работать. Человек — физиологическое существо, но помимо физиологии у него есть совесть и здравый смысл. И он способен самосовершенствоваться. Пора нам всем начать работать над собой. Хватит вспоминать и проливать слёзы! Оглянитесь вокруг! Как живут русские рабочие? По двадцать, по тридцать человек в модуле! Хуже, чем китайские и белорусские! И работают с утра до вечера за жалкие пять илонов в день! Где новые больницы? Где L-читальни? Где чистые и светлые столовые с доброкачественной пульпой и чистой водой? Где ясли для детей рабочих? Пора начать возделывать наш запущенный марсианский сад!

РЕЖИССЁР (*передразнивает*). Пора возделывать наш сад! Посмотри на себя, Пётр Трофимов: ты бедно одет, твои ногти не стрижены и грязны, шея немыта, волосы клочны, а если заглянуть в твои уши, то сера нашего Олимпа может спать спокойно.

ТРОФИМОВ. Я по субботам хожу в proto-баню!

РЕЖИССЁР. Ты до сих пор не научился мыть себя, а на банных роботов у тебя нет денег. И призываешь всех совершенствоваться и начать работать! Какой пример ты способен подать угнетённым рабочим своим запущенным телом?

ТРОФИМОВ. Я за права рабочих, за четырёхчасовой рабочий день, за чистые столовые...

РЕЖИССЁР. Заткнись, дурак! В следующую субботу, когда пойдёшь в баню, научись правильно намыливать мочалку и правильно тереть ею шею. Затем займись ногтями, головой, ушами и другими частями тела. Обнови свой голос. И сходи к цирюльнику, дубина! Вот тебе, фальшивый социалист! (*Кидает в Трофимова чёрный blister.*)

ФИРС (*бормочет, испуганно озираясь и втягивая голову в плечи*). Бесперечь, бесперечь, бесперечь, эх ты, недотёпа, бесперечь, бесперечь, бесперечь, эх ты, недотёпа, бесперечь, бесперечь, бесперечь, эх ты, недотёпа, бесперечь, бесперечь, бесперечь...

РЕЖИССЁР. Молодец, старина! Знаешь свою службу, уважаешь людей, которым служишь, и стараешься их полюбить. И у тебя это получается. С другой стороны, — ты воплощённое убожество. У тебя букет болезней: ревматизм, артрит, геморрой, стенокардия, перхоть и недержание мочи. От тебя пованивает мочой, это уже заметили твои хозяева и попросили тебя почаще менять штаны, хотя дело не в штанах, а в твоей простате, на удаление аденомы которой ты уже почти накопил илонов. Помимо физиологического убожества ты ещё убог нравственно, ибо готов ежеминутно унижаться и пресмыкаться. Метафорически ты — тряпка, о которую господа вытирают ноги. А ведь человек — это не тряпка и не стул, а мистическое, высокодуховное, космическое существо, что осознаётся особенно явственно здесь, на Марсе. Ты же — насмешка над человеком, над его духовностью, достоинством и загадочным космизмом. Поэтому, убогий Фирс, получай то, что заслужил. (*Кидает в Фирса два blister — белый и чёрный.*)

Охнув, перекрестившись, вытирая с лица текущее по нему тухлое яйцо одной рукой, а другой подхватывая ветку сирени, Фирс сползает со стола на свой стул. На стол влезает Лопахин.

ЛОПАХИН. Когда человек занят делом, ему не до слезливых воспоминаний и не до сна. Я сплю всего часа четыре, и с меня довольно. Здесь, в долине Маринер, я выстроил уже два поселения с уютными семейными модулями. Построю и третье! Целоваться в саду под метеоритным дождём всегда прекрасно, но дело важнее. Ради нового дела я покинул Землю ещё мальчиком и нанялся собирателем мягких крошек к вам в имение, уважаемая и горячо любимая Любовь Андреевна. Однажды взбесившийся робот дал мне по морде, и вы уложили меня в гостиной на диван, утёрли кровь и приложили к лицу лёд. Я помню это как вчера, и никогда, никогда не забуду тот лёд, тепло ваших рук и ваше доброе лицо! Вы склонились тогда надо мной, как мать, которой у меня никогда не было. А потом, когда я пришёл в себя, напоили чаем с вишнёвым вареньем. Для меня это имение и этот сад тоже родные, я люблю их не меньше вашего. Но, дорогая моя, нельзя держаться за прошлое, каким бы прекрасным оно ни было! Надо жить настоящим! Увы, русский человек никогда этого не умел. Из-за деспотичной власти и бездарных чиновников мы всегда разрывались между воспоминаниями и надеждами на лучшую жизнь. Даже здесь, на Марсе, мы не научились жить настоящим, не научились смотреть правде в глаза. Пора очнуться! Ваш сад всегда будет с вами, есть живая голограмма с запахами, шелестом листьев и птичьими трелями. Но реальный сад необходимо продать! У вас появятся большие деньги. Это решит все ваши проблемы, вы купите прекрасный лофт на Элизиуме или в долине Ветров и заживёте там счастливо и благополучно. Я приеду к вам в гости, и вы снова угостите меня чаем с вишнёвым вареньем.

РЕЖИССЁР. Ты деловой человек, Лопахин. И это многое тебе прощает. Получай! (*Кидает в Лопахина белый blister.*)

С веткой сирени в руке Лопахин прыгает со стола на свой стул и садится. На стол бодро влезает Гаев.

ГАЕВ. Главная беда нашей интеллигенции в том, что она не знает марсианского мужика. А его надо знать! Я знаю марсианского мужика! И он меня любит. Здесь, на Марсе, проблем хватает: флаеры опаздывают, посылки не доходят, илон дешевеет, цены растут, прислуга хамит. Лопахин — тоже хам. Режу от борта в угол! Люба, наш сад есть на marsraker. Он один из первых марсианских садов! Помнишь песенку земную: «И на Марсе будут яблони цвести»? А у нас цвели вишни! Я не допущу торгов! Дом и сад останутся нашими, дорогая Люба! Обещаю! Мы с тобой детьми бегали по этому саду! Это наше не только наследство, но и наследие. Здесь у человечества пока мало памятных вещей, поэтому надо дорожить реликвиями и беречь их изо всех сил. Вот, например (*показывает старый iPad, вделанный в массивную деревянную позолоченную раму*). Это iPad нашего дедушки. Ему завтра исполняется ровно пятьдесят лет! Вдумайтесь, господа! Юбилей! И мы его непременно отпразднуем! (*Держа перед собой iPad, обращается к нему.*) Дорогой, многоуважаемый iPad! Приветствую твоё существование, которое вот уже пятьдесят лет было направлено к светлым идеалам просвещения, добра и справедливости. Спасибо тебе! (*Кланяется.*) Ярославская тётушка обещала прислать денег, но сколько и когда — непонятно. Ждём-с! Пару тысяч нам бы не помешали. Люба, мне предлагают хорошее место в банке. Я стану финансистом, дуплет от борта в середину! Ах, Марс! Твоя природа прекрасна, но и смертельна — попробуй выйти погулять без скафандра. Да, это наша новая жизнь, дамы и господа! Режу жёлтого в угол!

РЕЖИССЁР. Гаев, из тебя такой же финансист, как из Фирса астронавт. Ты мот, пустобрёх и безнадёжный, неисправимый ёбарь. На Элизиуме нет ни одного борделя, в котором ты бы не отметился. На последние фамильные деньги ты обновил свой хер, чтобы трахать местных блядей. Покажи нам всем твоё главное сокровище, философ хренов! (*Гаев нехотя рас-*

стёгивает ширинку, из которой вылезает длинный, переливающийся разными цветами фаллос.) Вот, полюбуйтесь на его зверя! *(Зрители свистят и оскорбительно мычат.)* Теперь он вечно стоит. Мормолоновые вставки, янтарные хрящи, полиамидная волна. Это для тебя поважнее родного дома и вишнёвого сада. *(Грозно.)* Мудило Гаев, ты приговариваешься к стучанию обновлённым хером по дедушкиному айпаду! *(Зрители одобрительно ревут.)* Ein! Zwei! Drei! *(Гаев стучит своим фаллосом по iPad. Зрители хором фиксируют каждый удар.)*

РЕЖИССЁР. Тридцать! Довольно с тебя, дурак! Вот тебе! *(Кидает в Гаева три чёрных blister.)* Пошёл вон!

> Под крики и улюлюканье измазанный тухлыми яйцами Гаев слезает со стола и усаживается на своё место. На стол забирается Аня.

АНЯ. Когда я узнала, что дом и сад выставлены на торги, я не спала четыре ночи. А на пятую ночь меня пронзила мысль ясная, как солнечный луч: пусть продают наш дом! Пускай! Он давно уже не наш, мама! Сколько лет ты не жила в нём? Да, тут прошло твоё и моё детство. Но мы уже выросли, мама! Наши детские платьица давно отданы другим детям. Наш дом и сад — это те же детские вещи, куклы, игрушки. Пора избавиться от них и начать новую жизнь! Свободную! И сказать старой жизни — прощай! Без сожаления, мама! Когда ты получишь деньги, мы посадим новый сад. Новые, молодые вишни зашелестят на новом месте, в них поселятся птицы и запоют свои песни. И начнётся наша новая жизнь, мама! Я окончу гимназию, выдержу экзамен и с радостью войду в эту новую жизнь! А вот твоя Шарлотта невыносима! Зачем ты её мне навязала?! Вчера в ресторане она платила за наш завтрак нашими деньгами и дала целый илон на чай! Какое хамство! У нас же совсем нет денег, мама!

РЕЖИССЁР. Справедливо, Анечка, справедливо. У вас нет денег. И это потому, что maman держится за старую жизнь как за якорь. А ты хочешь отрезать этот якорь и уплыть в море жизни. Правильно! Cut, baby, cut. Вот тебе, гимназистка! (*Бросает в Аню белый blister.*)

Поцеловав и прижимая ветку сирени к груди, Аня спрыгивает со стола и садится на своё место. На стол неловко вскарабкивается Симеонов-Пищик.

СИМЕОНОВ-ПИЩИК. Вы подумайте! Я хоть и полнокровный, апоплексический, но здоровье у меня лошадиное. Вообще, я вам, дамы и господа, так скажу: электролошадь — полезное животное. А почему? В забегах участвует — раз, не устаёт — два, и продать её можно — три. Вот вам и простая арифметика. Третьего дня на дерби в долине Ветров выиграл двести илонов. А завтра платить проценты по залогу — триста пятьдесят! Вопрос: где взять ещё сто пятьдесят? Слава богу, я здесь пока нахлебником проживаю, на хлеб насущный ничего не трачу, ну так это ж до поры до времени! Скоро их дом продадут, и мне — adieu. Вы подумайте... В лотерею не везёт пока. Какой-то дурачок с Арсии выиграл разом пятьдесят тысяч. Везёт же всегда дуракам! Мне бы хоть десять — всё бы решил, выкупил бы наше поместье сразу, построил бы три новых теплицы, выращивал бы авокадо. С авокадо, я давно уж заметил, тут, на Марсе, плоховато. Говорят, потому что великий Илон не любил этот овощ. А дамы авокадо обожают. И устриц. Но устриц здесь негде выращивать, моря на Марсе пересохли три миллиарда лет назад. Вы подумайте! Везут с Земли замороженными, поэтому и стоят — двадцать илонов штука. Пилюли тёплые принял, не забыл. У кого б занять сто пятьдесят? У Шарлотты Ивановны уже одалживался. У Лопахина тоже. У остальных денег нет. Обнищали все! Почему? Потому что дураки!

РЕЖИССЁР (*обращается к зрителям*). На какого зверя похож этот субъект?

ГОЛОСА. На крысу! На мышь! На морскую свинку! На хорька! На хомяка!

РЕЖИССЁР. На хомяка! Правда?

ЗРИТЕЛИ. Правда!

РЕЖИССЁР. Только мешки защёчные у него пусты. А почему?

ГОЛОС. Всё прожрал!

РЕЖИССЁР. Всё прожрал! Точно! Поэтому теперь может только пищать. Симеон-Пищик, ты приговариваешься к художественному писку. Пищи! Но пищи хорошо! Не то тебе будет плохо! (*Зрители одобрительно ревут.*)

Симеонов-Пищик поджимает свои короткие руки к пухлой груди, запрокидывает толстое лицо и пищит. Зрители одобрительно кричат и свистят. Он продолжает пищать, дрожа всем своим полным телом. Наконец, устав, он валится на стол.

РЕЖИССЁР. Молодец! (*Кидает в Симеонова-Пищика белый blister.*)

Зал аплодирует. Симеонов-Пищик, помахивая всем веткой сирени, уползает со стола к себе на стул. На стол всходит Варя.

ВАРЯ. Меня все уже год сватают за Лопахина! Он мне ещё слова не сказал, а все сватают и сватают, как помешанные! Мама говорит: Варя, тебе уже двадцать четыре года, пора принять решение. Какое решение?! Я что, сама должна ему сделать предложение? За это время он меня никуда не пригласил одну. Только в компании. Мог бы хоть пригласить полетать над каньоном. У него же модный красный флаер. Мама говорит, что он стеснительный. Какая глупость! Он купец, хваткий господин. Глупость, глупость… Вокруг одна глупость. Распускают слухи, что я из экономии приказала кормить Яшу и Дуняшу протоплазмовой пульпой. Надо же до такого додуматься! Вот Шарлотта питается так же, как и мы. Разве я против? Она вообще стала себе позволять много… Господи! Неужели дом продадут?! Не верю! Господи, помоги нам! (*Крестится.*)

РЕЖИССЁР. Варя, вы боитесь, что дом продадут?

ВАРЯ. Да, боюсь. Очень боюсь!

РЕЖИССЁР. Сильно боитесь?

ВАРЯ. Очень сильно!

РЕЖИССЁР. Скажите нам, это ваш самый сильный страх в жизни?

ВАРЯ. Ну... как вам сказать...

РЕЖИССЁР. Скажите честно.

ВАРЯ. Я... *(Замолкает.)*

РЕЖИССЁР. Варя? *(Варя молчит.)* Варя, скажите нам, какой ваш самый сильный страх? *(Варя молчит.)* Варя! *(Варя молчит.)* Варя! Мы ждём.

Варя молчит. Зрители недовольно гудят.

РЕЖИССЁР. Что ж, тогда я расскажу о вашем главном страхе. Однажды, когда вам было девять лет, вы нашли в саду маленькую зелёную гусеницу...

ВАРЯ. Нет! Прошу вас!

РЕЖИССЁР. А затем вы...

ВАРЯ *(кричит)*. Не-е-е-е-е-ет!!

Зал ревёт. Варя опускается на колени. Режиссёр делает знак залу. Зрители замолкают. Слышно журчание. Под стоящей на коленях Варей появляется лужа мочи. Варя дрожит и начинает всхлипывать, закрывает лицо руками.

РЕЖИССЁР. Довольно. *(Бросает в Варю белый blister.)*

Варя продолжает всхлипывать, стоя на коленях в растущей луже мочи.

РЕЖИССЁР. Помогите ей.

Шарлотта залезает на стол, поднимает ветку сирени, засовывает её Варе за ворот платья и помогает ей приподняться; потом она усаживает Варю на её место. На стол влезает Епиходов.

ЕПИХОДОВ. Ежли говорить прямолинейно и ответственно — марсианского климата я одобрять не имею оснований. Великий Илон был человеком большинским, спору нет. У нас здесь, на Маринере, всё в полной комплектации. Но климат — это вам не электролошадь, не робот Вася. С климатом шутки плохи! Днём плюс пятнадцать градусов, а ночью — минус восемьдесят семь. Химия! Я вот третьего дня решил прогуляться в новом шлеме, оделся красиво. Пошёл по самому краю каньона. Как писал один поэт земной, «Тянет меня бездна роковая». Меня тоже бездна потянула. Глянул с обрыва вниз, а там и дна не видать. Мозг мой, который я полгода назад апгрейдил, мне глубину подсказал — семь тысяч двести тридцать пять метров. Ежли кинуться, лететь будешь всего шестнадцать секунд. Быстро! И задуматься толком не успеешь. А потом — сразу в рай! Там своя комплектация будет, уж не хуже марсианской. Вот и думаю теперь — кинуться али нет? Жизнь хороша, конечно, но сложностей — невпроворот. Все чего-то требуют. А не выполнишь — с работы погонят. А там — новую ищи. И опять требовать станут. А без этого денег не заплатят. Круговорот нулей и протоплазмы! Хотя у барыни вон денег нет, а она работы себе не ищет. Да и братец её, и господин Пищик тоже. Они деньги занимают, проживают и снова занимают. Мне б так жить! Философия! Мозг мой тут одного философа почитал. Тот пишет: за три тысячелетия сильней всего человечество поднаторело в смертоубийстве людей. В прошлом году на Земле укокошили два миллиона шестьсот сорок девять тысяч триста двадцать пять человек. И это ещё войн больших нет! А я, когда по краю каньона гулял, подумал: сколько тонн песку надобно, чтобы наш каньон засыпать? Мозг подсказал: шестьдесят четыре миллиарда пятьсот тридцать девять миллионов две тысячи девятьсот восемьдесят одну тонну. Я подумал, а ежли трупами убиенных сей каньон заваливать, сколько понадобится? Семьдесят два миллиарда шестьсот сорок один миллион сто двенадцать тысяч пятьсот восемьдесят два трупа! За всё существование хомо сапиенса столько людей не угробили! Что значит — глубина! Подумал, может, мне в Титон не бросаться, а просто жениться? Хочу к Дуняше посвататься, да она пугливая какая-то. Шарахается от меня, как от репликанта. Что я, страшный? Зарабатываю неплохо, больше, чем она. Сапоги скрипят? Ну и что? Фасон таков. Потом от меня воняет, господа говорят. Ну, значит, такова моя молекулярная комплектация! Зато я теперь все русские романсы в мозг закачал. (*Поёт.*) Снился мне сад в подвенечном уборе, в этом саду мы с тобою вдвоём! И голос есть. В общем, до субботы в Титон покамест прыгать погожу.

РЕЖИССЁР. Браво, Епиходов!

Зал аплодирует. Режиссёр кидает в Епиходова шесть белых blister. С охапкой сирени тот возвращается на свой стул. На стол легко вспрыгивают Яша и Дуняша.

ДУНЯША. Ой, столько дел, столько попечений!

ЯША. Прорва! (*Обнимает и целует Дуняшу.*)

ДУНЯША (*слегка отталкивает его*). Что ты!

ЯША. Придёшь вечером в гладильную?

ДУНЯША. Яша, опасаюсь я после вчерашнего. Трофимов донести может барыне.

ЯША. Он дурак, да ещё и в очках. Ничего, кроме социализьма своего, не видит. Придёшь?

ДУНЯША (*подумав*). Когда все уснут, тогда только приду.

ЯША (*раздражённо*). Все! Все у нас засыпают дай бог к утру только! Брат барыни, ежели в бордель не поехал, с Пищиком шары всю ночь гоняет да пьёт. Шарлотта вскакивает по ночам и жонглирует. А Фирс в уборную шаркает непрерывно, у него простатит.

ДУНЯША. Не знаю... Слыхал, что Епиходов ко мне посвататься хочет?

ЯША. Этот клоп конторский? Да я ему башку проломлю!

ДУНЯША (*смеётся кокетливо*). А он поёт хорошо!

ЯША. Знаешь, как его зовут?

ДУНЯША. Знаю. Тридцать три несчастья. Но он ростом тебя повыше, и усы у него красивые.

ЯША. Ты что, серьёзно?

ДУНЯША (*хохочет*). Шучу я, глупый!

Они обнимаются и целуются.

ЯША (*шёпотом*). Придёшь?

ДУНЯША. Конечно, милый.

Режиссёр молча аплодирует им и кидает в них два белых blister. Яша и Дуняша, подхватив сирень, усаживаются на свои места.

РЕЖИССЁР. Объявляется пятиминутный антракт!

ДЕЙСТВИЕ ВТОРОЕ

На сцене стоят гигантские десертные блюда, приготовленные из вишни: торт «Пьяная вишня», желе из вишни, вишнёвый мусс, вареники с вишней, конфеты «Вишня в шоколаде», вишнёвое sorbet и рюмка с вишнёвым ликёром. Между блюдами стоят Раневская, Аня, Варя, Гаев, Лопахин, Трофимов, Симеонов-Пищик, Шарлотта, Епиходов, Дуняша, Фирс и Яша. Все блюда по сравнению с ними — по-настоящему исполинские, например, торт — высотой с человека, узкая рюмка с ликёром — в два человеческих роста, сами вишни, лежащие на торте, размером с футбольный мяч; все действующие лица всё в тех же платьях, некоторые — со следами тухлых яиц; получившие сирень держат ветки в руках или успели приколоть их к своей одежде.

ДУНЯША (осматриваясь). Боже мой! Какая сказка!
ТРОФИМОВ. Это что такое? (Тычет пальцем в sorbet, нюхает, пробует.) Вишнёвое мороженое! Вот на что садик пригодился! (Облизывает палец.) Марксизм в чистом виде!
РАНЕВСКАЯ. Боже мой! Это просто какой-то кошмарный сон… Господь Вседержитель, разбуди меня!
ТРОФИМОВ (зачерпывает ладонью sorbet и протягивает ей). Вы попробуйте! Сразу проснётесь.
ЛОПАХИН (хватает его за руку). Подожди! Чьё это всё?

Все молча переглядываются.

СИМЕОНОВ-ПИЩИК (осторожно). Может, это для городского праздника? У них же юбилей…
ГОЛОС РЕЖИССЁРА. Дамы и господа! Это всё — ваше! Разнообразный вишнёвый десерт от спонсоров нашей колонии.

Пауза. Все начинают подходить к блюдам, разглядывать их, трогать.

ТРОФИМОВ (*ест sorbet*). Я же сказал — всё социалистическое!

ГАЕВ. Я десертов уж третий год не ем. Изжога! А вот вишня в чистом виде — это прекрасно... (*Привстав на цыпочки, берёт с торта вишню величиной с арбуз, кусает.*) М-м-м-м... хороша! Сочная и не очень кислая. Любочка, попробуй.

РАНЕВСКАЯ. У меня сейчас сердце разорвётся... Господи! Почему вы все такие бесчувственные? Какая ещё вишня?! Это же врата ада разверзлись перед нами! Диавол искушает нас! И это всё за мои грехи!

АНЯ (*обнимает Раневскую*). Мамочка, успокойся! Мы с тобой!

ВАРЯ. Мы с тобой! (*Тоже обнимает Раневскую.*)

РАНЕВСКАЯ. Всё, всё за грехи мои! (*Плачет. Дочери утешают её.*)

ЕПИХОДОВ. Нет тут никакого ада. Да и дьяволом тоже не пахнет. Это просто... десерт для нас. Такая гиперкомплектация! На Марсе и не такое устраивают.

СИМЕОНОВ-ПИЩИК. Подарок?! Вы подумайте! Красота!

ДУНЯША (*восторженно*). Кто же всё это наготовил? Какой-то великий повар!

ЯША. Да и не один, видать.

ЛОПАХИН (*зачерпывает ладонью вишнёвого мусса, пробует*). Это... вкусно, чёрт побери! (*Ест.*)

ШАРЛОТТА (*отрывает кусок от торта, пробует*). Прекрасно! Sehr lecker! (*Пищику.*) Угощайтесь!

СИМЕОНОВ-ПИЩИК. Merci! (*Берёт у неё кусочек торта, ест.*) М-м-м... Вы подумайте! Превосходный тортик...

ТРОФИМОВ. Какой же это тортик? (*Смеётся.*) Это тортище!

ГАЕВ (*продолжает откусывать от исполинской вишни, прижав её к груди*). И всё в нашу честь...

ФИРС (*суетится вокруг Гаева с платком*). Изволили соком-с запачкаться... Позвольте-с...

ГАЕВ (*громко*). Нам сделали подарок! Даже — дар! Люба, родная, довольно плакать, надо принять этот гигантский дар. Это символично! Огромный дар! Значит, нас ждёт огромное будущее, жёлтого в угол... м-м-м... Сочно, сочно...

ШАРЛОТТА. Не только очень огромный дар, но и очень сладкий!

ДУНЯША (*Яше*). Хочу мороженого.

ЯША (*отрывает от гигантского шара sorbet большой кусок*). Ух, какое холодное. Бери!

Они с Дуняшей едят мороженое. Раневская в изнеможении садится на пол, приваливается спиной к блюду с тортом.

ВАРЯ (*Ане*). Принеси мамочке желе, она всегда его любила.

Аня берёт в руки кусок желе, садится рядом с Раневской, протягивает ей.

АНЯ. Мамочка, попробуй. Это твоё любимое желе.

РАНЕВСКАЯ. Боже мой, за что нам всё это?

ВАРЯ. Ни за что! Это просто так, мама!

АНЯ. Конечно, это просто так. Ешь, мамочка, ешь, милая, и не думай о плохом.

ФИРС (*Раневской*). Откушайте-с, барыня.

РАНЕВСКАЯ (*берёт у Ани кусочек желе, пробует*). Да... Вкусно... Какой-то забытый вкус. Господи, словно и не было ничего. Вот желе. Бывало, сидели все вместе в саду, пили чай, ели желе и пирожные... Как всё было хорошо, уютно. Где этот уют теперь?!

АНЯ. Здесь наш уют, мамочка! Он всегда с нами, пока мы вместе. (*Кормит Раневскую желе со своих рук.*)

РАНЕВСКАЯ. Желе... Что-то совсем забытое, из детства. Девочкой я часто ела желе, помню это. А дедушка шутил: «Я желе не жалею, я ем его и молодею!» Мы с Лёней так смеялись! Правда смешно?

ГАЕВ. Смешно!

ЛОПАХИН. Ну как сказать... Этот юморок, ну совсем не...

ВАРЯ (*перебивает его*). Смешно, мамочка, очень смешно! Жаль, что я никогда не видела твоего дедушку. Ты говорила, что он был тебе ближе родителей.

РАНЕВСКАЯ. Правда! А знаете, почему? Он от меня ничего не требовал. И был просто старшим другом.

АНЯ. Это прекрасно!

ЕПИХОДОВ. Сейчас все только требуют. Мой мозг основательно свидетельствует: раньше люди были лучше!

СИМЕОНОВ-ПИЩИК. Дураков и тогда хватало. Но сейчас их прибавилось.

ГАЕВ. Дед у нас был замечательный. Артисток обожал...

РАНЕВСКАЯ (*ест желе*). М-м-м... Совсем, совсем забытое. Да, желе дрожит, словно боится, что его съедят. Мы тоже боимся, что нас проглотят в этом мире. Я боюсь, что проглотят мой сад...

ГАЕВ. Не проглотят! Подавятся!

СИМЕОНОВ-ПИЩИК (*ест торт*). Поперхнутся и выплюнут!

РАНЕВСКАЯ. Милое, милое желе... Ем тебя и жалею тебя. В этом мире мы все в одной лодке — люди, животные, птицы и вот это желе. (*Держит кусок желе на ладони.*) Как же оно дрожит, а?!

ВАРЯ (*целует её*). Милая мамочка...

ГАЕВ (*проев вишню до косточки*). Ух! Какова косточка! (*Вынимает её из вишни, а остатки вишни закидывает на торт.*) Это не косточка, а бильярдный шар. (*Симеонову-Пищику.*) Ну что, брат Симеон, сыграем?

СИМЕОНОВ-ПИЩИК (*расправляясь с куском торта*). С удовольствием!

ГАЕВ. Режу в угол! Фирс! Подать бильярд сюда!

ФИРС (*растерянно*). Так ведь где же-с я его возьму, сударь?

Гаев и Пищик хохочут.

ЛОПАХИН (*подходит к рюмке с ликёром, берётся руками за её ножку*). Как бревно! Стекло толстенное. Где отливали такую рюмищу? Вот это размер! Люблю вещи с размахом. Сладости, конечно, хорошо, но там наверху налито что-то и покрепче... (*Разглядывает сквозь толстое стекло содержимое рюмки.*)

ЕПИХОДОВ. Об заклад бьюсь, это вишнёвая настойка. По цвету видать.

ГАЕВ. Точно!

СИМЕОНОВ-ПИЩИК. Она самая! Наливка!

ЛОПАХИН. Но как нам до неё дотянуться? Лестницы здесь нет.

ЕПИХОДОВ. Лестницы в этой комплектации не предусмотрены. Диспозиция-с!

ЛОПАХИН. Надо, чтобы кто-то встал кому-нибудь на плечи, дотянулся и зачерпнул бы оттуда. Но чем?

ГАЕВ. Моей шляпой!

СИМЕОНОВ-ПИЩИК. Гениальная мысль! Кто сможет?

ШАРЛОТТА. Господа, я занималась не только жонглированием, но и акробатикой. (*Гаеву.*) Давайте вашу шляпу!

Гаев снимает и отдаёт ей шляпу.

ШАРЛОТТА (*Епиходову и Яше*). Молодые люди, кто из вас ростом повыше?

ДУНЯША. Яша, конечно!

ЕПИХОДОВ. Твой Яша до моей высотной самодостаточности ещё не дорос.

ЯША (*со злостью*). Где уж нам!

ЕПИХОДОВ (*по-военному щёлкая каблуками, кивает головой*). К вашим услугам, мадам! Моя верховная диспозиция в вашем распоряжении.

ШАРЛОТТА. Становитесь к сосуду.

Епиходов встаёт к рюмке, со шляпой в руке Шарлотта ловко вскарабкивается по нему и встаёт ему на плечи; дотянувшись до края рюмки, зачерпывает шляпой содержимое, отпивает из шляпы.

ШАРЛОТТА. Это вишнёвый ликёр!

Гаев, Симеонов-Пищик, Трофимов аплодируют. С наполненной ликёром шляпой Шарлотта слезает с Епиходова и снова отпивает.

ШАРЛОТТА. М-м-м... хорошо! (*Передаёт шляпу Гаеву.*) Ваша шляпа! Не расплескайте!

ГАЕВ (*принимает шляпу, нюхает*). Любаша, дорогая, вишнёвого ликёрцу, je vous en prie!

РАНЕВСКАЯ (*с печальным смешком*). Только ликёрцу мне теперь и не хватает... Бедный, бедный брат мой...

ГАЕВ. Хватит кукситься! Радуйся жизни, и всё будет хорошо!

РАНЕВСКАЯ. Слыхала уж много раз...

ГАЕВ (*со шляпой в руках наклоняется к Раневской*). Выпей, прошу тебя.

АНЯ. Мамочка, выпей. Тебе станет легче, а если станет легче тебе, то и нам всем будет хорошо.

ШАРЛОТТА. Пейте смело, Любовь Андреевна, я жива, не отравилась!

СИМЕОНОВ-ПИЩИК. Выпейте, дорогая наша, за всеобщий успех. Нам всем его так не достаёт.

ВАРЯ. Мама, выпей. И прекрати плакать.

РАНЕВСКАЯ (*нехотя*). Ну хорошо... (*Отпивает из шляпы.*)

ГАЕВ. Ну и как?

Пауза. Раневская достаёт платочек, отирает губы.

РАНЕВСКАЯ. А знаете... это совсем недурно.

ГАЕВ. Браво!

ТРОФИМОВ. Браво!

ЛОПАХИН (*с усмешкой*). Браво-браво! А нам останется?

ГАЕВ. Не думаю! (*Забирает у Раневской шляпу, делает несколько глотков.*) Ух! Хороша! Давно не пил вишнёвки. (*Передаёт шляпу Пищику.*) Причаститесь, друг мой!

СИМЕОНОВ-ПИЩИК (*бормочет*). Во имя Отца и Сына и Святаго Духа... (*Пьёт долго, поднимая шляпу всё выше.*)

ЛОПАХИН (*с укором*). Борис Борисович!

ГАЕВ. Вот кто из нас лучший питух! Пей, Боря, пей до дна!

ГАЕВ, ШАРЛОТТА, ТРОФИМОВ, ЕПИХОДОВ (*скандируют*). Пей до дна! Пей до дна! Пей до дна!

Симеонов-Пищик выпивает весь ликёр в шляпе, вытряхивает последние капли из неё на пол и протягивает Гаеву.

СИМЕОНОВ-ПИЩИК. А ликёрец, надо признать, весьма incroyable!

Ему аплодируют.

ГАЕВ. Шарлотта Ивановна, просим повторить аттракцион! S'il vous plait, répéter!

ШАРЛОТТА. Avec plaisir!

Епиходов встаёт к исполинской рюмке, Шарлотта снова влезает ему на плечи, зачерпывает шляпой ликёр.

ЕПИХОДОВ (*опираясь руками на стекло*). Только уже теперь ради всемирной справедливости и самим добывателям напитка хлебнуть положено-с...

ЛОПАХИН (*принимая полную шляпу от спустившейся Шарлотты*). Придёт, Епиходов, и ваша очередь. (*Пьёт из шляпы.*)

СИМЕОНОВ-ПИЩИК (*Гаеву*). Ликёрцы — напиток достойный, но сладость, сладость, так сказать, делает его помалупитейным, вот в чём вопрос. Вы подумайте! Сладость! Именно поэтому его дамы и предпочитают. Дамы, наши дамы... Они же пьют по-дамски. А нам, мужчинам, ликёру... как сказать... много не выпить!

ЛОПАХИН. Да, всего-то полшляпы!

Все смеются.

ГАЕВ. Ты, брат, закуси мороженым! Оно сладость уравновесит!

СИМЕОНОВ-ПИЩИК. Святая правда! (*Подходит к чаше с sorbet и начинает есть.*)

ЛОПАХИН. Прекрасно! Не помню, когда в последний раз пил ликёр. Нет, вспомнил! Приятель мой Ваня Снегирёв, будучи гимназистом пятого класса, украл у родителей бутылку шартрёза, и мы её втроём распили... Кто следующий?

АНЯ. Я хочу.

ЛОПАХИН. О, прошу вас, прошу... (*Передаёт шляпу Ане.*)

АНЯ. Я хочу выпить за крах. За рухнувшие мечты.

ЛОПАХИН. Ну зачем же пить за это?

АНЯ. Зачем? Чтобы не мечтать больше. Мечты! (*Смеётся.*) Они на нас нарастают, как грибы после дождя. Мы их носим, носим, а они всё растут, чтобы потом просто сгнить и отвалиться. Вот прошёл надо мной дождь, тёплый такой дождик под названием «юность». Я гуляла под ним без зонта. Радовалась тёплым каплям, лицо подставляла, кружилась... И выросла на мне грибница под названием «Мои светлые мечты». И стала я её носить везде с собою, думать о ней, холить и лелеять. А она всё крепла и крепла. Грибница крепнет, а я ношу её, ношу. И что? Дальше-то что? Ничего! В один день прекрасный я вдруг поняла, что надо сделать с этой грибницей. Взяла нож и срезала её под корень. Теперь я свободна. И пью за это! (*Пьёт из шляпы.*)

РАНЕВСКАЯ. Аня, милая моя... (*Встаёт, обнимает её.*) У тебя всё будет хорошо, всё, всё!

АНЯ. Мама, у меня и так всё хорошо. Вот, выпила ликёра! Варя, пригубь!

ВАРЯ (*подойдя, тоже обнимает Аню*). Анечка, я тебя так люблю...

АНЯ (*протягивает ей шляпу*). Выпей.

Варя отпивает из шляпы, морщится, отдаёт шляпу Лопахину.

ЛОПАХИН (*Шарлотте*). Прошу вас, мадмуазель!

ШАРЛОТТА. Merci! (*Пьёт из шляпы.*)

ЯША (*Дуняше*). До нас дела не дойдёт. Мы у них завсегда в прихожей... Милая, полезли-ка лучше туда! (*Показывает на высокое блюдо с варениками с вишнями.*)

ДУНЯША. Зачем, Яшенька?

ЯША. Я тебе там объясню.

Подпрыгнув, Яша цепляется за край блюда, подтягивается, влезает на него, свешивается вниз, протягивает руку Дуняше. Та даёт ему руку, и он втягивает её на блюдо.

ЯША. Вот так!

ДУНЯША. Как здесь необычно! Господи! Да это же вареники с вишнями! Такие огромные! (*Трогает.*) И ещё тёплые!

ЯША. И это хорошо. Иди сюда.

Они ложатся в ложбину между двумя варениками.

ДУНЯША. Хорошо, что их сметанкою полить не успели.

ЯША. Там, внизу целая тонна этой сметаны стоит... (*Обнимает Дуняшу.*) Дунечка...

ДУНЯША. Яшенька...

СИМЕОНОВ-ПИЩИК (*пьянея*). Вы подумайте! Всё, что здесь нам понаставили, стоит прорву денег! Ликёрца этого там налито вёдер двадцать. Нам и четверти его сроду не выпить. Может, продадим хотя бы ведра четыре? По сту илонов за ведро, а? Или нет, по сту пятьдесят? Это ж даром почти, судари вы мои! Да и тортилу эту... (*тычет пальцем в торт*) тоже можем пристроить. Например, купцу Мокееву. Он всё метёт, чего ни предложи. Живоглот! Жаль, подлец у меня флаер старый не купил. (*Изображает.*) «Бе-Эм-Ве 35 не берём, старьё!» Жила! А по сути — дурак дураком. Деньги-то папашины в карман к нему упали. Вы подумайте! Сколько дураков вокруг — и все при деньгах! (*Икает.*) Господа, займите мне двести илонов, Христа ради!

ЛОПАХИН (*достаёт бумажник*). Извольте, сударь! (*Даёт сто илонов.*)

СИМЕОНОВ-ПИЩИК. О, merci, merci! Но, позвольте, тут токмо сто?

ЛОПАХИН. Всё, что могу, всё, что могу. (*Шарлотте.*) Мадмуазель, угостите мужчину ликёром.

ШАРЛОТТА. Пей до дна! Пей до дна!

Лопахин допивает то, что осталось в шляпе.

ФИРС (*вытирает ему обшлаг сюртука*). Сударь, запачкались вы малёк. Да и вы, Шарлотта Ивановна, тоже-с.

ШАРЛОТТА. Фирс, это ликёр, а не дерьмо куриное! (*Хохочет.*) Господа, прикажете мне в третий раз туда лезть?

ГАЕВ. Непременно прикажем! С нежностью и очарованием! Жёлтого в середину!

ТРОФИМОВ. Просим! Вы, Шарлотта Ивановна, как пчела. Принесите мне хоть капельку нектара!

ШАРЛОТТА (*Епиходову*). Становитесь, молодой человек.

ЕПИХОДОВ. Не буду! Я уж дважды свой статут костный подставлял под ваши ноги, а в рот мне ничего не попало. Пусть Фирс вас держит.

ШАРЛОТТА. Фирс? Я ему позвоночник сломаю!

ФИРС (*суетясь*). Сударыня, я готов-с, отчего же-с, тут вот сейчас и обопрусь...

ЛОПАХИН (*Фирсу*). Отставить, старина! Шарлотта, я рад подставить вам свои плечи. (*Встаёт у рюмки.*) Voilà!

ГАЕВ. И вот так купец становится кариатидой!

Все смеются. Шарлотта со шляпой в руке влезает на Лопахина, встаёт ему на плечи, зачерпывает ликёр.

РАНЕВСКАЯ. Дорогие мои, у меня странное и какое-то щемящее чувство: словно это уже было со всеми нами, было, было. И это плохо кончилось, очень плохо.

АНЯ. Ах, мама, у тебя всё всегда должно плохо кончаться! Довольно уже! Всё так прекрасно, потому что всё только начинается! Правда, Варенька?

ВАРЯ. Правда.

РАНЕВСКАЯ. А я вот и не знаю... Но мне понравилось пить ликёр из шляпы.

Все смеются, Гаев и Пищик аплодируют.

АНЯ. Варя, мы ещё sorbet не попробовали! Иди сюда! (*Подходят к чаше с sorbet, пробуют его.*) Вкусно! Отнеси маме!

Варя ест sorbet, отрывает кусок от огромного шара, относит Раневской и угощает её.

РАНЕВСКАЯ (*пробует со вздохом*). Это вкусно... Но вряд ли меня утешит.

Шарлотта тем временем спускается вниз с новой порцией вишнёвого ликёра.

ТРОФИМОВ (*подбегает к ней*). Я ещё не пил!

ЕПИХОДОВ (*оттесняя его*). Попрошу, молодой человек, в порядке диспозиции.

ШАРЛОТТА. Епиходов! Своим позвоночником вы заслужили хороший глоток! Bitte!

Епиходов принимает от неё полную шляпу и долго пьёт.

СИМЕОНОВ-ПИЩИК. Однако! Вы подумайте!

ГАЕВ (*Епиходову*). Ты, брат, не увлекайся!

ЕПИХОДОВ (*отрываясь от шляпы*). Вполне комплементарный напиток! Юриспруденция! Мой мозг одобрил на шестьдесят семь и две десятых процента.

ШАРЛОТТА. Sehr gut! (*Пьёт из шляпы, потом передаёт её уже порядком захмелевшим Гаеву и Пищику.*)

ТРОФИМОВ. Господа, а я?!

ГАЕВ. Выпей, социалист.

СИМЕОНОВ-ПИЩИК. Социализм — друг Маркса, но враг Марса! Это великий Илон сказал.

Трофимов пьёт из шляпы. Из блюда с варениками доносятся слабые стоны Дуняши.

ГОЛОС РЕЖИССЁРА. Вальс! Les cavaliers invitent mesdames!

Звучит вальс Штрауса.

ГАЕВ. Любаша! Вальс! Je t'invite! (*Предлагает ей руку.*)

РАНЕВСКАЯ. Нет, нет, я не могу...

ГАЕВ. Можешь, можешь! Вальс — для нас!

АНЯ (*хлопает в ладоши*). Вальс нашей новой жизни!

ТРОФИМОВ (*отдаёт шляпу Пищику, подбегает к Ане*). Вы позволите, мадмуазель?

АНЯ. Avec plaisir!

ЛОПАХИН (*Варе*). Очень надеюсь, что вы мне не откажете.

ВАРЯ (*нехотя*). Извольте...

Гаев, Раневская, Аня, Трофимов, Варя и Лопахин танцуют. Шарлотта тоже кружится, периодически делая «колесо», хохоча и бормоча что-то по-немецки. На верху блюда с варениками появляется Яша, смотрит на кружащиеся пары.

ЯША (*с укором*). Вот так всегда!

ДУНЯША (*высовывается из-за края блюда*). Что, Яшенька?

ЯША (*с обидой*). Танцуют! А нас с тобой даже не угостили ликёром. (*Угрожающе.*) Ну ладно... (*Слезает вниз с блюда, протягивает руки.*) Дуняша, прыгай!

ДУНЯША. Ой, Яшенька... (*Прыгает с опаской к нему в объятья, они валятся на пол; Дуняша смеётся.*)

Сидя на полу, Яша снимает сапог, подходит с ним к сосуду с ликёром.

ДУНЯША. Милый, что ты задумал?

ЯША. Иди сюда!

Дуняша подходит к нему. Он опирается руками о ножку сосуда-рюмки, подставляя Дуняше спину.

ЯША. Лезь наверх и зачерпни ликёра!

ДУНЯША. Как? Чем?

ЯША. Моим сапогом!

ДУНЯША. Ой, Яшенька...

ЯША. Лезь.

ДУНЯША. Яшенька, забранятся, накажут...

ЯША (*выкрикивает*). Лезь!

Она влезает ему на спину, становится на плечи; он передаёт ей сапог.

ДУНЯША (*заглядывая в сосуд*). Яшенька... Тут море целое ликёра... И пахнет вишенками!

ЯША. Черпай! Полный!

ДУНЯША. Так забранятся ведь...

ЯША. Черпай!

Дуняша набирает полный сапог ликёра и осторожно передаёт его Яше; тот принимает, помогает ей спуститься.

ЯША. Вот так! (*Протягивает ей сапог с ликёром.*) Пей, невеста моя!

Дуняша пьёт из сапога, потом отдаёт его Яше; они пьют по очереди.

СИМЕОНОВ-ПИЩИК (*шатаясь, перемещается по сцене; видит лежащую на полу портянку от сапога Яши*). Эт-то что такое? Фирс! (*Манит Фирса пальцем.*)

ФИРС. Чего изволите-с?

СИМЕОНОВ-ПИЩИК (*указывает на портянку*). Это что такое, я тебя спрашиваю?

ФИРС (*поднимает портянку, разглядывает, нюхает*). Это, сударь, портянка-с.

СИМЕОНОВ-ПИЩИК (*с пьяным негодованием*). Вы скажите! Портянка?! Просто так валяется?! На полу! Да?

ФИРС. Да-с... И я-с... это...

СИМЕОНОВ-ПИЩИК. Валяется на полу портянка! Magnifique! А господа тут танцуют! Тебе за что деньги платят? Дай сюда, дармоед! (*Выхватывает портянку из рук Фирса и засовывает ему её за ворот как салфетку.*) Вот так! А теперь — ступай во-о-о-н туда и жри желе!

ФИРС. Так, ваша милость...

СИМЕОНОВ-ПИЩИК (*пинает Фирса*). Пошёл! Жрать желе! До отвала! Быстро!

Тем временем Яша, осушив сапог, стремительно пьянеет.

ЯША (*швыряет пустой сапог в чашу с муссом*). Я им сейчас... Я им сейчас... (*Икает.*)

ДУНЯША. Яшенька...

ЯША. Я им сейчас отвалю за всё хорошее!

Шатаясь, Яша подходит к ёмкости со сметаной; это огромная, красивая раковина из белого мрамора объёмом с четыре обычных ванны; Яша влезает на край раковины, приспускает штаны и быстро и громко испражняется в сметану. Вальс тут же прекращается. Танцующие пары застывают, глядя на Яшу.

ЯША. Вот вам! (*Выпрямляясь, подтягивает штаны и застёгивается, шатаясь.*)

ШАРЛОТТА. Mein Gott!

ЯША. Это вам з-за... з-за всё х-хорошее...

ЛОПАХИН. Ах ты, негодяй! (*Выхватывает из кармана револьвер и стреляет в Яшу. Яша валится с края раковины на пол.*)

ШАРЛОТТА (*кричит*). Nein!

ДУНЯША (*вопит*). Яша-а-а-а!! (*Подбегает к нему.*)

ЯША (*бормочет*). Вот вам... Вот вам...

ТРОФИМОВ (*бьёт Лопахина в лицо*). Сволочь!

Они с Лопахиным начинают драться, револьвер падает на пол.

РАНЕВСКАЯ. Господи! Что это?! Что они делают? Господи, где я? Господи, помоги мне! (*Теряет сознание; совершенно опьяневший Гаев подхватывает её и валится на пол вместе с ней.*)

Аня и Варя кричат от ужаса, видя кровь раненого Яши.

ШАРЛОТТА (*в сильном потрясении опускается на колени*). Mein Gott, mein Gott...

ТРОФИМОВ (*нанося удары Лопахину*). Сатрап! Купчишка проклятый!

Епиходов вступается за Лопахина, втроём они падают на пол и тузят друг друга кулаками. Сильно пьяный Пищик подходит к раковине со сметаной.

СИМЕОНОВ-ПИЩИК. Это... что это? Вы подумайте... Фирс! (*Кричит истерично.*) Фирс!!

ФИРС (*бросив есть желе, подбегает к Пищику*). Чего изволите-с?

СИМЕОНОВ-ПИЩИК. Нам насрали в сметану! Ты это понимаешь, пустая голова?!

ФИРС (*оглядываясь*). Как? Где? Кто?

СИМЕОНОВ-ПИЩИК (*указывает на подплывающего кровью Яшу*). Вот он!

ФИРС (*всплёскивает руками*). Как же это-с?!

СИМЕОНОВ-ПИЩИК (*хватает Фирса за плечо, трясёт, кричит ему в ухо*). Полезай туда! Доставай дерьмо, дармоед!!

ФИРС (*неловко суетясь*). Да как же-с...

СИМЕОНОВ-ПИЩИК. Вот так! Вот так!! (*Толкает Фирса в раковину со сметаной.*)

ФИРС. Я... (*Валится в сметану, барахтается в ней.*)

СИМЕОНОВ-ПИЩИК. Ищи дерьмо! Вынимай!!

Фирс барахтается в сметане, погружаясь в неё; высовывает из сметаны свою руку, пытаясь показать что-то, но тонет в сметане, захлёбываясь; голова его скрывается под белой поверхностью. В это время Лопахин и Епиходов, навалившись на Трофимова, бьют его головой об пол.

ЛОПАХИН. Вот тебе, марксист! Вот тебе, социалист!

ЕПИХОДОВ. Экспро-приатор! Экспро-приатор!

Пищика сильно рвёт; шатаясь, он падает на пол, ворочается, захлёбываясь рвотой.

ЯША (*бормочет слабеющим голосом*). Вот вам... Дуняша... Я тебя... Дуняша... Невеста моя...

ДУНЯША. Яша, Яшенька! (*Падает ему на окровавленную грудь.*)

ШАРЛОТТА (*бормочет, оцепенело стоя на коленях*). Mein Gott, mein Gott...

Аня и Варя, застыв в ужасе, стоят над умирающим Яшей. Трофимов теряет сознание. Лопахин и Епиходов пьяно ворочаются возле него на полу. На мгновенье всё стихает на сцене; раздаётся отдалённый странный звук, похожий на звук лопнувшего троса грузового лифта кобальтовой шахты Deep splinter.

В зрительном зале наступает гробовая тишина. Все сидят, не шелохнувшись. В этой тишине режиссёр выходит на просцениум и кланяется. Зрители по-прежнему сидят в напряжённом молчании. Проходит мучительная минута всеобщей тишины. В первом ряду поднимается женщина, одетая в вечернее платье. Это жена начальника колонии.

ЖЕНА НАЧАЛЬНИКА. Браво! (Аплодирует.)

Её муж, сидящий рядом, тоже встаёт.

НАЧАЛЬНИК. Браво! (Аплодирует.)

Зал начинает аплодировать, сперва робко, затем всё сильнее и сильнее. Режиссёр кланяется. Аплодисменты перерастают в овацию, зрители начинают вскакивать со своих мест. Крики «браво» и одобрительный свист заполняют пространство зала. Режиссёр кланяется. Зал неистовствует. Толпа аплодирующих и кричащих зрителей начинает двигаться к сцене, давя друг друга. Крики одобрения сливаются в единый вопль радости. Режиссёр кланяется. Из зала в режиссёра летят белые blisters, каждый из них с хлопком раскрывается веткой сирени; их становится всё больше и больше. Режиссёр кланяется. Гора сирени растёт вокруг него. Режиссёр кланяется и кланяется. Зрители кричат и аплодируют. Blisters летят и летят на сцену.

Масса сильно пахнущей сирени накрыла Ивана, и он потерял сознание.

— Прошёл ты, Ваня, и третье поприще! — голос Антона слабый, но добрый раздался.

Открыл Ваня глаза свои. Видит: всё там же он, в той же пещере волшебной, а перед ним всё те же трое классиков из ларца нефритового — Лев, Фёдор и Антон. И говорит Ване Лев седобородый:

— Ты молодец, все три испытания прошёл, всё вытерпел, всё смог, не бросил ношу свою. Получай же, Иван, то, чего хотел.

И дунули трое классиков на Ваню со всей мочи.

— Вань, ну тебя за смертью посылать, что ли? — раздался отца голос.

Открыл Ваня глаза. И остолбенел: видит, что стоит он в коридоре их дома, а в руках у него откупоренная бутылка пива «Соболёк». Холодная. А коридор этот идёт из кухни в большую комнату, откуда звуки телевизора раздаются, по которому футбол показывают. И пахнет в этом коридоре Ваниным домом родным — так, как только в нём пахнуть может. А на стенке коридора всё те же две картинки в рамках: ваза белая, а из неё вместо цветов торчат Леннон, Маккартни, Харрисон и Ринго Старр; и носорог, на котором маленькая мама Вани едет. А ещё слышит он, что на кухне мама его, Ванина мама, что-то жарит.

Жарит.

Живая мама.

Ванина мама.

И от этого затряслось у Вани всё внутри, словно рядом двухтонная бомба взорвалась. Сжал он бутылку, чтоб не уронить, дыхание спёрло, сердце затрепыхалось, руки похолодели, в глазах радуги поплыли.

Закрыл глаза.

Открыл глаза.

Снова перед ним коридор с картинками, бутылка, запахи родные. И понял Ваня, что разрыдается сейчас от счастья да и на пол без чувств повалится. Но вдруг мамин голос на кухне запел её любимую:

— Просну-у-у-улась ночью де-е-е-евочка...

А отцов голос из комнаты закричал недовольно:

— Ванька!

А Ване свой голос нутряной подсказал:

«Держись, Ваня».

Ваня ноги одеревенелые переставил, раз, другой: идут, хоть и не свои совсем. Еле-еле, но идут.

Идут.

Идут по родному полу.

Прошёл он коридор, словно тот — километровый. И вошёл в большую комнату. А там — отец на диване, напротив телека.

Отец.

Живой.

В шортах и в майке своей с надписью «СССР»; ноги голые, толстые на низкий столик положил, на котором бутылка из-под пива да пачка сигарет Bond.

— Давай, давай, пока не забили, ёптеть! — отец руку Ване протянул, а сам в плазму пялится.

Ваня руками трясущимися отдал отцу бутылку холодную. Огляделся робко в комнате: всё, всё, всё на месте. Даже Ванин детский рисунок — Чебурашка на ракете в космосе — висит рядом с этажеркой. И от этой комнаты, от света солнечного из окна, от отца толстенького, родного, от футбола ещё сильней всё внутри у Вани задрожало. Ноги подкосились, и рухнул он бессильно на диван. И тут такса Випка, что лежала справа от отца, вскочила на свои ножки кривые, завиляла хвостиком и к Ване по дивану перебежала, влезла ему на ноги и тут же улеглась у Вани внизу живота. А Ваня — ни жив, ни мёртв, дыхание спёрло, радуги в глазах плывут. И страшно от всего этого, страшно.

«Отрублюсь...» — в мозгу мелькнуло.

Но тут Випка вдруг поползла по Ване вверх и носом своим гладким, прохладным ткнулась ему в горло, заюлила телом тёплым. Из последних сил руками трясущимися обнял Ваня Випку. А она вся завертелась, лапками по Ваниной груди замолотила, носом в шею тычется.

И от Випки, словно от лекарствия какого, стал Ваня в себя приходить.

Ухватился он за таксу, как за якорь спасительный, прижал к груди.

А сам в отца живого глазами впялился. Сидит отец рядом. Ванин отец!

Тут, рядышком. Рукой достать можно. Сидит — живой, здоровый, пивом булькает. И ноги его толстые всё те же, и грибок на трёх ногтях, и плешь, и ухо розовое с мочкой маленькой, и борода реденькая, рыжеватая. Сидит и смотрит футбол! И так серьёзно смотрит, что Ваня вдруг расхохотался.

— Чего ржёшь?! — с обидой отец воскликнул, на Ваню не глядя. — Одну плюху нам закатили, сейчас вторую закатят!

И вдруг — голос мамы.

И Лицо.

Её.

Из коридора.

Стоит в коридоре Ванина мама. Живая! И руки полотенцем вытирает:

— Мужики, у меня всё готово.

— Пора борщануть! — отец снова пивом забулькал.

А мама улыбается, как мама.

У Вани снова всё внутри задрожало. Рот он раскрыл, чтобы закричать да сразу к маме кинуться, но вдруг подумалось ему, сильно подумалось, что вот сейчас он как закричит: «Мама!», как кинется к ней, а это всё, что вокруг, вдруг исчезнет. Навсегда!

Затрясся Ваня на диване, как в падучей, но Випка, верный якорь, тёплый, сильный, всю дрожь Ванину — в себя, в себя...

Слёзы Ване глаза застлали.

А сквозь слёзы — голос мамин:

— Вань, иди дедушку позови.

И скрылась мама.

Успокоился Ваня, слёзы утёр.

Понял: надо всё делать, как раньше было. Тогда всё на своих местах останется, не исчезнет.

И встал.

И из комнаты пошёл.

И в сад вышел.

А там — яблони в цвету, небо синее, солнце. И тепло. И под старой сливой голый по пояс дедуля с соседом Николаем Николаичем в домино режется. Подошёл Ваня к ним.

— Рыба, Коля! — дедуля выкрикнул и так костяшку в стол влепил, что вся загогулина доминошная подпрыгнула.

Разлепил Ваня губы с трудом и произнёс:

— Дедуль, обедать.

— Это хорошо! — дед очки поправил.

А Николай Николаич на Ваню глянул:

— Слышь, Трофимыч, как же Ванька ваш так быстро вымахал?

— А чего ж ему не вымахать? Мы же Ивановы! Могём!

— Молодец, Ванька! Обгоняй их всех!

— Обгонит, дай срок! Ладно, Коль, вишь, обедать зовут.

— Ступай, Трофимыч, мы уже поели.

Тем временем осмотрелся Ваня в саду — всё, всё на месте: яблони, клён, крыжовник, смородина, огород, кухонка летняя белая, туалет голубой. Пошёл он по тропинке к калитке, а из грядок огородных к нему под ноги — кошка Нюля!

— Нюлька!

А она тут же по Ване, как по дереву, вскарабкалась. Схватил её Ваня, обнял, прижал к груди. Нюлька! Живая! Чёрно-белая, ласковая, быстрая. Замурлыкала тут же.

— Посторонись-ка, Джордан! — сзади сосед шёл.

Пропустил его Ваня, тот до калитки дошёл, вышел за неё и — исчез. Пропал, словно его и не было. Опешил Ваня.

С Нюлькой в руках пошёл к калитке. И вдруг увидел, что за калиткой этой — пустота. Просто *пустота*. И цвет у этой пустоты — как у пустоты. Пустотный, никакой. Протянул Ваня руку вповерх калитки — и пальцы его исчезли вмиг. Назад руку отдёрнул — живые пальцы. Снова попробовал — нет руки. И не больно совсем руке в пустоте. И не холодно, и не жарко. Вернул руку из пустоты — рука как рука.

— Поприще... — Ваня вдруг слово неизвестное пробормотал.

Огляделся вокруг снова. Всё, всё на месте — сад, слива, стол под ней, дедуля шаркает по тропинке к дому, задницу на ходу почёсывая. А на доме всё тот же жестяной петушок, отцом вырезанный.

И вдруг сверху — звук реактивный. Присел Ваня, как обычно, голову в плечи вжал, глазом в небо зыркнул. Но видит — не ракета летит. И не беспилотник. И не истребитель. А обыкновенный пассажирский самолёт. Летит себе спокойно. И пролетел. И снова — чистое небо.

Посидел Ваня на корточках, выпустил Нюльку, поднялся и в дом пошёл.

А там на кухне уж стол накрыт: борщ в тарелках дымится, сало, скумбрия солёная, чеснок маринованный, капуста кислая. Отец ноутбук на стол поставил, от футбола своего оторваться не может. Дедушка из шкафчика свою настойку на смородиновой почке достал, в четыре стопки разливает.

— Пап, ты Ваню споить решил? — живая мама с улыбкой сметану всем в борщ кладёт.

— Рюмочку с нами можно, а вот без нас — нельзя! — живой дед Ване подмигнул.

— Ну что, за мирное небо? — живая мама свою стопку подняла.

— За мирное небо! — живой отец прорычал.

— За мирное небо! — живой дедушка очками блеснул.

— За... мирное... небо, — Ваня произнёс губами ещё непослушными.

Выпили, стали закусывать. И за борщ принялись.

— Ну как борщок? — мама спросила.

— М-м-м... слов нет... — дедушка головой качает.

— Сказка, ёптеть... — отец жуёт, сам в ноутбук пялясь.

Попробовал Ваня мамин борщ. Живой. Борщ.
Проглотил Ваня и сказал уже уверенно:
— Сказка.